2024中国年选系列

2024年
中国微型小说精选

陈永林　选编

长江出版传媒　长江文艺出版社

图书在版编目（CIP）数据

2024 年中国微型小说精选 / 陈永林选编. -- 武汉 ：
长江文艺出版社，2025.1. --（2024 中国年选系列）.
ISBN 978-7-5702-3865-1

Ⅰ. I247.82

中国国家版本馆 CIP 数据核字第 2024Y6V105 号

2024 年中国微型小说精选
2024 NIAN ZHONGGUO WEIXING XIAOSHUO JINGXUAN

责任编辑：黄雪菁　阮奥琪　　　　　责任校对：程华清
封面设计：胡冰倩　　　　　　　　　责任印制：邱　莉　丁　涛

出版：长江出版传媒 ｜ 长江文艺出版社
地址：武汉市雄楚大街 268 号　　　邮编：430070
发行：长江文艺出版社
http://www.cjlap.com
印刷：中印南方印刷有限公司

开本：680 毫米×980 毫米　　1/16　　　印张：13.375
版次：2025 年 1 月第 1 版　　　　2025 年 1 月第 1 次印刷
字数：208 千字

定价：28.00 元

目录

花草诀　　　　　　　　　　　聂鑫森 / 001

海岛茉莉　　　　　　　　　　江志强 / 005

人生几何　　　　　　　　　　高春阳 / 008

聊斋新编　　　　　　　　　　马宝山 / 011

踢　馆　　　　　　　　　　　邢庆杰 / 016

珍　婶　　　　　　　　　　　李海燕 / 020

赶　蛋　　　　　　　　　　　王喜明 / 023

半夜敲门声　　　　　　　　　熊君红 / 026

谋　面　　　　　　　　　　　陈国凡 / 029

绝　对　　　　　　　　　　　张中杰 / 032

长命鞋　　　　　　　　　　　司玉笙 / 035

驶向黑土地的火车　　　　　　崔　民 / 038

孤　岛　　　　　　　　　　　何君华 / 041

会飞的牛　　　　　　　　　　乔　桦 / 044

貂　丁　　　　　　　　　　　张　港 / 047

送　　　　　　　　　　　　　凤　凰 / 050

发　灯　　　　　　　　　　　徐玉虎 / 053

万春居　　　　　　　　　　　赵长春 / 056

路引子 奚同发 / 059

奇妙的镜子 华庭散人 / 062

树上的老鹰 杨帮立 / 065

12 岁那年离家出走 王平平 / 068

芭蕉笺 李晓东 / 071

暴雨骤停 段淑芳 / 073

补画高手 凌鼎年 / 075

对 手 刘贵赓 / 078

最佳人选 张殿权 / 081

清 账 周 起 / 084

花香藕 张 弯 / 086

会跑的饺子 陈 利 / 089

救 度 李云飞 / 092

墨 缘 练建安 / 095

内心有光 顾晓蕊 / 098

陈 鱼 李伶伶 / 101

搁 酱 王生文 / 104

迷 醉 徐全庆 / 107

生与死 彭 震 / 110

鱼鹰王 纪 墨 / 113

一匹野狼 陈振林 / 116

我们听过獾唱歌 代克仁 / 119

青 檀 马金章 / 122

福 报 雨 瑞 / 125

喝 面 陈慧君 / 128

白 吃 雁 戈 / 130

墨之驴 王 咏 / 132

榆树坡上的茶摊 赵国洲 / 135

"豆腐张"的夙愿 薛培政 / 138

重 生 孙庆丰 / 141

要 账 王振东 / 143

二　哥　　　　　　　　　　　　　　　　仲维柯 / 146

有风的夜晚　　　　　　　　　　　　　张志明 / 149

对　决　　　　　　　　　　　　　　　李尚财 / 153

守村人　　　　　　　　　　　　　　　刘希千 / 156

南瓜开花　　　　　　　　　　　　　　卜　伟 / 159

喜鹊登枝　　　　　　　　　　　　　　魏咏柏 / 162

资深井蛙　　　　　　　　　　　　　　许　仙 / 165

小渔的火车　　　　　　　　　　　　　孙金生 / 168

羡鱼耻　　　　　　　　　　　　　　爱国先生 / 170

虫　灯　　　　　　　　　　　　　　　马建忠 / 173

孤　灯　　　　　　　　　　　　　　　潼河水 / 175

神医何老三　　　　　　　　　　　　　吕志军 / 178

一抿香　　　　　　　　　　　　　　　李景泽 / 180

门　　　　　　　　　　　　　　　　　杨静龙 / 183

父亲的大宅　　　　　　　　　　　　　陈振昌 / 186

夏枯草　　　　　　　　　　　　　　　张建春 / 188

断　桥　　　　　　　　　　　　　　　紫忆梦 / 191

赛吉普　　　　　　　　　　　　　　　张　琳 / 194

牵　　　　　　　　　　　　　　　　　徐明卉 / 197

我和黎女士的长期较量　　　　　　　　冷清秋 / 199

马堂爷　　　　　　　　　　　　　　　王　飞 / 202

哥哥的单车　　　　　　　　　　　　　刘向阳 / 205

花草诀

聂鑫森

矮矮瘦瘦的安于山，从湘楚花木公司退休快一年了。他年届而立的儿子安晓林，在总经理的位置上，坐了也快一年了。安于山是全方位的交权，连垂帘听政都一概省略，只是用老眼旁观。

安于山原本是乡下培花育草的花匠，三十年前创办了这家私营企业——湘楚花木公司。他脑瓜子活，吃苦耐劳，又是知花识草的行家里手，在春秋更替中，让公司由小变大由弱变强，他便成了这个行业引领风云的人物。他当初租赁的这一大片荒山野岭，姹紫嫣红，嫩绿鹅黄，成了名副其实的金山银山。公司有了健全的部门结构，苗圃部、花木部、营销部、后勤部、接待部、党支部、工会，员工竟达五百之众。总部是一个竹篱小院，在芳草萋萋的土坪上立着一栋三层青砖小楼，各个部门都有单独的办公室。

安于山在一场大病后，突然意识到自己有了莫名的疲劳感，该急流勇退了。好在儿子很听他的调派，先读林学院的园林系，毕业后老老实实到公司来当普通员工，在苗圃部、花木部、营销部、后勤部各干了两年，为人低调，做事踏实，还入了党，赢得了从上到下的好口碑。

"晓林，爹当总经理已力不从心，你来干吧。"

长得身高体健的儿子连忙说："爹，我经验不足，你得扶我上马再送一程。"

安如山微微一笑："你还有话没说出来，担心我干政！放心，我不会。你怎么安排领导人选，怎么开展业务，我一概不管。"

安晓林大声说："行。我可以走马上任了。"

令安于山诧异的是，儿子从今年二月上任后，公司的一切都按原程序运行。新官上任，调换各部门领导人选是个常例，儿子居然没有任何动作。儿子只是在召集各部门领导开会时，说："我们是花木公司，总部的大坪里不能不摆放几盆花草，这是脸面啊。你们每人去挑一盆自己喜欢的花草，在花盆外壁贴上写了自己姓名的标签，搁在花架上吧。"

安于山虽不在现场，却有老部下悄悄打电话告诉了他。他是又喜又惊：不调换领导班子，应该是为了稳定大家的情绪，好；在总部多摆放花草，不过是世俗面子工程，是在不紧要处下功夫，唉。但他没有当面说，尽管没成家的儿子，隔三岔五都会回家来探看父母。

元旦快到了。天天是大雪飘飘，寒气砭骨。

安于山屈指算了算，儿子上任十个月了。这十个月的业务报表复印件，儿子总是随意地放在家中客厅的圆桌上，业务量、利润都是平稳中略有上升。安于山知道当下的市场状况，能做到这样就很不容易了。

这天晚饭后，安晓林说："妈，不影响你看电视，我和爹去楼上的小客厅聊天。"

安于山有些意外。马上说："好。聊什么？"

"我知道爹一直想问，为什么让各部门领导领养一盆花？"

"对。我想听听你这是什么花草诀？"

楼上的小客厅，墙上挂着几幅赏心悦目的字画，圈足小圆桌上摆着热好的一壶黄酒和两个浅口小瓷碗。

安晓林给瓷碗斟上酒，说："爹，我敬你，你喝一小口，我全干了！"

安于山说："黄酒度数低，我也干了。"

两只碗轻轻碰了一下，然后两人仰头喝个底朝天。

"爹，元旦后，我要调整领导班子了，当然是部分调整。你在位时，一人拉琴一人唱，不设副总经理，我现在要设一个了。"

"谁？"

"营销部主任古文玉。"

"理由呢？"

"我先说领养花草的事。古文玉当初选了一盆荼蘼花，枝叶长得很鲜活，开花却要到晚春。古诗说'开到荼蘼春事了'，它开花时，春天就快结束了；古人又说'荼蘼不争春，寂寞开最晚'，很有点自甘寂寞的意思。"

"我记得他的年纪，一入夏，就满六十了。"

"对。虽然他快退休了，但这盆花却依旧待弄得很好，到暮春时，白色的花开得又多又美，花草的姿仪可印证他的生活和工作态度。接着，他退休办手续，可以按月领退休工资了。我说想留用他，原职原薪，他同意了。但他不肯要原薪，只需补全退休工资不足的部分就行了。然后又告诉我，他要换养一盆晚香玉，白色的有香气的喇叭状花，可以从6月开到11月，也是告诫自己虽入晚境仍要奋发努力。他果然想出了不少营销新招：端午节前夕，他推介应节的龙船花；重阳节快到时，他向老人推介万寿菊；为迎接教师节，他和教委联合举办活动，邀企业家赞助，向全市的名、老教师馈赠绿叶红果的万年青，一下子就销售了上千盆！"

"古主任是个人物！但你表姐刘艳，在花木部当主任也有些年头了，才四十多岁……听说她领养的是月季花，又叫月月红，花开得红艳艳的。"

"爹，你的消息很灵通。不过，为花浇水施肥的，是总部大院的一个女清洁工，她自己没动过手。但表姐常自夸，她的月季花艳压群芳。她还常常不在办公室，听说是逛商店看电影去了。她也不喜欢到花木部的基地去，谁也不敢说她，她是'皇亲国戚'啊。"

"可她的业绩不错呀。"

"爹在位时，是爹暗中帮忙筹划。我上任后，是我委托苗圃部的主任江天流去安排生产，却受之无愧。江天流只比我大两岁，上有老母，下有两个孩子，妻子是个小学老师，却从不因家事耽误公事。他一明一暗领导着两个部门，轻轻松松的。他领养的是一盆飞燕草，用心又用情，开花时节，淡蓝的花形像一只只燕子毫不张扬地衔泥筑巢，很让人感动。"

"表姐毕竟是自家人，你要手下留情。"

安晓林自倒一碗酒，咕咚咚倒进口中，然后说："爹，花木部和苗圃部，是公司发展的主动力，得用贤人、能人，表姐必须让位！"

"那让她去干什么？"

"去接待部，不是当主任，是当一般的接待员，得八个小时坐在办公室，接待来访的客户。"

"她不去呢？"

"可以回家去逍遥，工资照发。不过，工资不由公司发，由我私人支付。爹如果不同意，我把总经理的宝座奉还。"

安于山说："我没说不同意……花木部的主任谁当呢？"

"苗圃部、花木部合并成一个部，叫花木苗圃部，由江天流当主任。古文玉当副总经理，兼管营销部。其他各部门的领导，一概不动。从他们领养的花草上，我认识了他们，这就是我的花草诀。过了元旦，开个大会，我先从认养花草谈到干部的调换，再谈公司发展的长远计划。"

安于山猛地仰头大笑，说："你的花草诀，有眼力，也有胆气，好！你怎么认定就怎么干，我不干政，哈哈。"

楼下忽然传来响亮的叫喊声："你们快下楼，和我一起到院子里去闻闻蜡梅香！"

安于山回应一声"好嘞——"，然后悄声对儿子说："你妈老来疯了，召唤我们去踏雪赏梅。她知道我们会谈些什么，她这么高兴，我也放心了。"

安晓林说："妈是个明白人！"

海岛茉莉

江志强

岛，孤零零地悬在大海深处。驻扎在岛上的只有 8 个兵。班长兼炊事员老黄年龄最大，兵龄最长。

给养船半个月来岛一次，送来米面粮油、书报杂志，还有兵们的信。北归之时，给养船就把兵们写的信捎走，靠港后寄向祖国各地。每当此时，兵们总是齐刷刷地站成一排，朝着给养船的航向敬礼。

平日里，兵们也像在陆地上一样，出操、训练、读报、唱歌、唠嗑、巡逻，剩下的时间都用来写信。每次寄出的信都厚厚的、鼓鼓的。单薄的信封，似乎载不动笔尖下流淌的河。

对这 8 个兵，基地首长格外牵挂，数次捎话过来："岛上还缺啥？尽管提！"于是，班务会上，老黄组织大家讨论："咱岛上还缺啥？"

两名新兵压低声音说："缺网……"

老黄笑了："没网，也要守岛。没网，也能活着。"

继续想。一个老兵嘴里蹦出一个字："土。"

"土"字说到了每个兵的心坎上，大家不约而同地点头。

只是，兵们没向首长提出来。部队运力有限，若非紧急情况，甭给首长添麻烦。

一个冬日的上午，老黄搭乘给养船离岛探亲。归队时，他的行囊里装着一包土，足足 20 斤。

老黄在值班室的地上铺开几张旧报纸，小心翼翼地把土摊开："正宗的东北黑土！"

兵们围着黑色的土，长时间盯着没抬眼。他们把手伸向了土，轻轻地揉搓着，眼里溢出明亮的光。

接下来，副班长小吕探亲归队时，同样带回20斤土。小吕的老家在华北平原，他带来的土呈褐黄色，是那种可以种植小麦、玉米和大豆的土。

一年下来，兵们相继探亲归队时，都把家乡的土带到岛上。这下，岛上的土丰富起来——东北的黑土，华北的褐土，云贵高原的砖红土，黄土高原的黑垆土……

这么多不同的土，如何存放？老黄的意思是"融在一块儿"。小吕不同意："土与土的品质不一样，搅和到一块儿，怕是不行。"

老黄乐了："刚上岛那阵子，兵与兵的品质不一样、习性也不一样。现在呢，统统融到一块儿了。"于是，不同颜色的土，被兵们融在了一起。

又一个春天来了。老黄决定，在土里栽一朵花。

送给养的战友很给力，给岛上送来一小包茉莉花种，还有一个精致的花盆。花盆呈长方形，外壁雕着一幅国画，空白处有4个遒劲的字——"江山多娇"。

兵们高兴坏了，围着花盆看个没完。

"先别急着高兴。"送给养的战士说，"首长说了，要是能把茉莉花养活，嘉奖你们！"

原来，这个花盆是基地首长特意送的。首长听说了兵们和土的故事。只是，首长有些担心，茉莉花属娇贵品种，在岛上能否存活是个未知数……

6个月之后，首长上岛视察工作，看到那盆茉莉正蓬勃绽放。端详兵们的脸，首长眼里写满敬重："同志们辛苦了！"

首长感慨道："这土，和别的土不一样。各样的中国土融合在一起，有力气！"听着首长的话，兵们被海风吹得皲裂的脸上荡漾着春天。

"这岛，有我们守着，请祖国放心！"老黄带领大家向首长敬礼。

这个故事，是我的二舅、故事里的班长老黄讲给我听的。二舅从军13年，守过6座大大小小的岛。最让二舅得意的是，他和战友们居然在恶劣的环境中养活了一株茉莉。

二舅对我说，自他退役后，那座大海深处的小岛上已经换了6茬兵。只要回乡探亲，兵们总会把一包家乡的土带到岛上，不仅用融在一块儿的土种植茉莉，还种菜、种树。

二舅退役时，行囊里有5枚军功章，还有一个烟盒大小的木盒子，里面装着来自岛上的"中国土"。

那晚，倾听着二舅的回忆，我似乎听到了茫茫大海上传来的涛声。那株茉莉也似一把火炬，闪动在我的眼前，把黑乎乎的夜，照得亮堂堂的。

人生几何

高春阳

班长，你通知值日生，我这块小黑板，今后谁也不许擦，谁也不许动。高中新学期开课，教几何的陆老师一进课堂，先定下一条铁律。

班长大声说，是，陆老师。

我和同桌梁宇，坐在班级最后一排，人手一支铅笔，正在下围棋。说是"下"，其实是在纸上画围棋。他执黑画圈，我执白画叉。谁吃棋，就用橡皮擦掉画的棋子。

我低声说，梁宇，该你了。

梁宇也低声说，等一会儿，怪老头儿有点意思。

我没心情看怪老头儿，我的眼睛定在棋盘上。我是梁宇的师傅，他的围棋是我亲手教的。我刚开始能让他四子，后来让他两子，再后来让他一子。现在不用让他了，有时候我还会输。

开课之前，怪老头儿拿粉笔在小黑板上，顺时针画了个四分之一圆，确切地说应该叫四分之一圆弧，然后不画了，开始上课。

同学们大为惊奇。四分之一圆弧，挂在那，像月不算月，像弓不算弓。

我小声说，啥意思呀，还不让擦。梁宇小声说，甭下棋了，听课吧，陆老师有点邪性，别招他。我一抬头，正好撞上陆老师的目光，吓得我赶紧把棋盘扔进书桌，然后坐直，听这怪老头儿讲课。

别说，怪老头儿讲课有点道行，讲几何像讲乐子。干巴巴的公式，在他嘴里活灵活现。他绷着脸，却总能把同学们逗乐。

一周后，又一节课。上课前，陆老师在小黑板上继续他的大作，接着上次那个弧，一路往下画，画到半圆处，停下。啥也不解释，上课。

那半个弧，像弯弯的弓。我想用这张弓射梁宇。

这些日子我很上火，跟梁宇下棋输多胜少。我的脸已经不叫脸，面子像鞋垫子。要知道下围棋，全校里，我要说第二，没人敢说第一。

第三周几何课。依旧，陆老师先描绘他的蓝图。当四分之三圆弧成立的时候，大家都明白了，这怪老头儿是要画个圆。可是，一次画完就得了呗，为啥还分四次？

见证圆满的时刻到了。

一周后，当陆老师最后一笔，把整个弧连在一起、成为一个圆的时候，同学们掌声雷动，这圆了所有人的梦。

这个圆，直径六十厘米左右，太圆了。有同学好奇，特意找来一支大圆规，用圆规走一圈，结果严丝合缝。

怪老头儿终于不再绷着脸，上了四堂课，头一次笑。有同学问，陆老师，这个圆有啥用啊？陆老师不理人，一摆手，上课。

课后，同学们围着小黑板指点江山。

四段弧，天衣无缝啊。

太圆啦，咋做到的呢？

妈呀，是人画的吗？

我没心情。怪老头儿的梦圆了，我的梦圆不上。现在我跟梁宇下围棋，下一盘输一盘，根本赢不了他。这小子是人吗？我要疯了。

悲催的是，我俩下棋，我荒废了学业，学习成绩直线下滑，而梁宇的学习成绩却在上升，眼看要冲进全年级前十。我接受不了，我解释不通。我觉得全世界都在笑话我。我抑郁了。

第五周几何课。

陆老师今天意气风发。只见他扬眉拔剑，气势如虹，粉笔所指，破浪乘风。只十几秒钟，一轮满月，挂在当空。整个过程行云流水，一气呵成。再看那个大盘，皓月千里，如诗如梦。

空气仿佛凝固了。

陆老师收势。剑入鞘，气沉心。眼睛巡视一圈，说，同学们，这个大黑板上的圆，是我一口气画出来的，用时 15 秒。你们知道吗，为了这 15 秒，我练了 5 年。然后一边教课一边画，又 25 年，到今天已经整整 30 年了！你们是不是觉得，我画这个很牛？不，这个才更牛。陆老师把教鞭指向小黑板。

陆老师说，一气呵成的圆，只要花时间，谁都可以练。"四气呵成"的圆，请问，还有其他人练过吗？当然唯一条件是，粉笔手画。全班同学都呆了，支起耳朵继续听。

陆老师声调里含了悲壮，他敲着桌子，说，我一个小老头儿，为了画好一个圆，可以努力 30 年。你们告诉我，你们凭什么不努力？虽然说我用了 30 年时间只做成了一件小事，但是，在这件事上，没人能超越我！同学们，你们差啥？告诉我，来来来，你们谁敢跟我说，给你 30 年时间，你画不出来我今天这个圆？要是你敢说，请你现在就出去，你不配做我的学生！

陆老师放下教鞭，说，我提个问题，如果让你分四次画出个圆，你怎么做？谁能回答我的问题？

全班同学鸦雀无声，每个人都在脑海中想象那个画面。

梁宇举手。陆老师指着他，说，我知道你叫梁宇。

梁宇站起来回答说，老师，我的理解，只有一个字，心。心是圆心，心是半径，心是周长。视力所及，粉笔所至，都是心之所向。其实不管分几次，不管间隔多久，只要人心定在圆心，半径永远是一样长的！

同学们哗哗鼓掌。陆老师瞪圆了眼，瞪着瞪着，瞪出一脸泪水。

打那以后，下围棋，我不在乎输赢了。我安心做个凡人。

如果有人挑战，我就说，我是梁宇师傅。

那人就转身跑了——梁宇学习成绩全校第一。

后来有人问我，你的围棋师傅是谁呀？

我说，是陆老师。

对方奇怪，陆老师不会下围棋呀！

我说，就是陆老师。

聊斋新编

马宝山

偷桃

清乾隆年间，黄河泛滥，大批河南、山东灾民涌进济南府。济南街上有几十家粥棚救济灾民。日久，开粥棚的米仓空了。这时候就要过年了，济南官府全不顾满街的灾民，张灯结彩"演春"以贺新年。布政司衙门请来多个艺人献艺。忽然一个人挑着担子，领着一个披头散发的童子走上戏台，说要为布政司官爷和各位老爷演幻术（变戏法）。一个穿黑衣服的衙役问："要什么戏法？"艺人说："我能颠倒时令，为老爷们献上新鲜瓜果来品尝。"

戏台下，一位老爷说："那就给我们变个桃子吧。"

艺人脱下衣服，盖在竹箱子上，故作一副自怨自艾的样子，小声嘀咕："老爷委实不明事理，眼下冰天雪地，叫我去哪里取桃子呢？不去取吧，怕老爷生气，这、这如何是好啊！"

披头散发的儿子说："爹爹已经答应，怎么好推辞呢？"艺人在戏台上急得团团转。然后站到台前，对各位官老爷说："眼下冰天雪地，人间哪里会有桃子啊。只有上天，到王母娘娘的蟠桃园里摘去啰。"

儿子"嘻——"一笑："上天可有台阶？可有梯子？"

"我自有办法。"艺人说着，打开竹箱子，从里面取出一团绳子，抖落一番，理出绳子头向空中一抛，绳子像一股烟飘飘摇摇升到云端。这时候，艺人叫过儿子说："孩子，我老了，身疲力乏，上不去了，你替爹爹走一趟吧。"说着把绳子递给儿子。

儿子接过绳子，一脸为难的样子，埋怨道："爹爹真是糊涂，这样一条细细绳子，就叫我顺着爬上万丈高空。若是半空绳子断了，我从云端掉下来岂不粉身碎骨？"

艺人无奈，苦脸哀求儿子说："爹爹已然答应各位官爷，实在不好反悔，还是麻烦我儿去一趟，若是能取来桃子，众位老爷一高兴定拿百金恩赏。咱们有钱了就给你娶一个漂亮的媳妇。"

儿子摇头，手抓绳子盘旋着一点一点攀升，渐渐升入云里，看不见了。过了一会儿，天上掉下一个碗大桃子。艺人高兴，接过桃子满脸笑容地献给布政司官爷。官爷拿在手里看了看，看不出是真是假，递给坐在两旁的老爷们。他们也辨不出真假。这时候，那根绳子忽然从天上落下来。艺人惊慌失色，大喊："糟了，糟了。天上有人将绳子砍断了，我儿如何下得来呀。"

接着，一颗人头从天而降。一看是艺人儿子的人头。艺人捧起儿子脑袋捶胸顿足在戏台上大哭："这一定是偷取桃子时让守桃园的人发现了，绳子被人砍断，我儿命已休矣。"此时，天上有物体纷纷飞落，一条腿，一只胳膊，再是肢体、躯干……

艺人悲痛至极，一件一件将腿、胳膊、肢体和躯干收进竹箱子里。坐到箱子边说："可怜我儿啊，随爹爹走南闯北吃尽苦头。今天为博得老爷们一乐，惨遭横祸，丢了性命。爹爹这就背你回家去吧。"

艺人再到布政司官爷面前跪下，哀求："为了上天偷桃子，我儿没了性命。大人可怜小人，赏几个钱，也好安葬我苦命的儿子啊。"

布政司一干官爷、老爷们各自拿出许多银两赏予艺人。艺人拜谢，接过银子包好缠到腰上，再走到竹箱子前拍拍箱盖："我儿，八八儿，出来拜谢各位赏钱的大人吧。"箱盖子"呼"地被打开。一个披头散发的小儿跳出箱子，一一叩谢赏钱的大人。众人一看，原来是艺人的儿子。两个人提箱挑担走了。

据说，艺人将赏钱全部送给几家粥棚买米买面了。粥棚一直开到春耕时节，河南、山东灾民才离开济南府，返乡春种去了。

这个故事在河南、山东传说了多年，直到今天一些老人也会讲这个故事。

异 鸽

邹平县有一个叫张幼量的人，特别喜欢养鸽子。他按照《鸽经》上所列鸽子品种，四处寻访，想着把天下有名的鸽子都寻来喂养。张公子养鸽子，如同养育婴儿。天冷了，用甘草粉为鸽子护暖；天热了，给鸽子吃盐粒。鸽子好睡觉，可是睡得太多容易得麻木症，会死掉的。张公子便在扬州花十两银子买来一只鸽子。这只鸽子身材小，喜欢走动，不停地转来转去，没有停歇的时候。张公子把这个鸽子放到鸽群里，让它扰动其他鸽子，这样就能防止鸽子因贪睡而得麻木症。

这只身材小巧的鸽子，名叫"夜游"。

张公子在山东养鸽子很有名，他也以善养鸽子而自豪，总是夸耀自己。

一天夜里，张公子正在灯下读《鸽经》，忽然一位身着白衣的少年叩门进来。张公子一看，并不相识。问他是什么人？白衣少年回答："一个四处漂泊的人，哪里有什么名号啊。听说公子蓄养鸽子最多，我是特来观赏您的鸽子的。"

张公子听说少年也爱鸽子，养鸽子，很高兴地把各种鸽子展示给少年看。灿若云锦、五颜六色的鸽子让少年很惊讶，说："传言真是不虚，公子蓄养的鸽子都是天下名鸽。我也养鸽子，却不多，只有两只，怕是您从未见到过的鸽中异类啊。"

张公子一听，央求一定前去观赏。少年答应了。

二人踏月前往，走不一会儿就来到一所小院子，院子里有一间小屋，旁边有两棵树。他们走进去，张公子奇怪，屋里没有灯火，却被月光照得亮如白昼？这时候少年口学鸽子叫，就见两只鸽子翩翩飞来。两只鸽子也像平常的鸽子，羽毛纯白，在两个人头顶上翻飞欢叫。俄而，少年一挥手，两只鸽子飞走了。少年噘嘴再发出奇异叫声，又有两只鸽子飞来，大的如雁，小的如雀；两只鸽子并立在台阶上，如仙鹤起舞，大的引颈展翅，似孔雀开屏；小的上下飞鸣，在大鸽子头上翅翼翩跹，如燕子翻飞在蒲叶上，声音细碎，如雨打蒲叶；大鸽子站立不动，嘴里发出银槌击玉似的悦耳声。两两相合，间杂中节。过了一会，小鸽子飞起来，大鸽子上下扭摆，引逗小鸽子，嬉戏和鸣。张公子赞赏不已，感叹自己纵然有千只鸽子，却没有这般神异的鸽子。

张公子实在是喜欢少年的鸽子，忘了他们是新交，竟开口相求，要少年割爱。少年不肯，公子就乞求。少年让两只舞乐的鸽子飞去，又学着唤鸽子的声音，招来先前那两只白鸽子，伸手捉住，交与张公子，说："若不嫌弃，就送你这两只白鸽吧。"

张公子接过两只白鸽子细看，鸽子的眼睛在月光映照下，呈琥珀色，通透明亮，眼珠子圆如墨珠。掀开鸽子翅膀看，肋间肌肉，晶莹剔透如水晶，里面的五脏六腑都看得清清楚楚。张公子很是奇怪，想开口再求几只。少年猜出他的心思，回绝道："我还有两种奇异的鸽子，实在不敢再请您观赏了。"这时候，少年的家人点着麻秆火把来了，说要少年速速回去。张公子还要说什么，少年已化为一只白鸽，大如雁，飞向天空。再看眼前，哪里还有院落、房屋。只有一个小鸽笼，鸽笼旁边有两棵很小的树苗。

张公子怀抱两只白鸽子，既惊骇又叹息地往家走。回到家里，两只白鸽子异常驯良，翻飞戏逗如初见时一样。张公子倍加爱惜，精心喂养。过了两年，这对白鸽又生了六只白鸽，三雄，三雌。张公子更加珍爱。

一天，张公子家来了一个人，说是张家世交，是个贵官。他看到张公子养了这么多名鸽、异鸽，便与张公子论起《鸽经》来。他说了各地的名鸽子，如山西的"坤星"，山东的"鹤秀"，贵州的"腋蝶"等，很在行。张公子认为贵官也是个喜欢鸽子的人。贵官的神色告诉公子，他有索鸽之意。公子虽然舍不得，又不好驳客人的面子，就选送两只白鸽子。他想，两只鸽千金难抵，贵官珍惜才好啊。

过了两天，张公子回拜贵官。因为送过重礼，公子有点居功得意。而贵官的话语毫无诚谢之意。因为心念自己的鸽子，公子便问："我送您的鸽子可中意？"

贵官咂咂嘴说："倒也很肥美。"张公子惊愕："怎么，大人把鸽子烹食了？"

"是啊，午餐刚刚吃过的。"

"啊?!"张公子大惊失色，"我送你的绝非寻常鸽子，它们是佳种'靻鞨'，千金难买呀！"

贵官剔牙，说："味道也没什么特殊的，与寻常的鸽子一样嘛。"

张公子拂袖而去，悔恨不已。

晚上，张公子梦见白衣少年来了，责备他说："我原以为您很爱惜鸽子，所以把子孙托付于您。您怎么能把明珠投到黑暗里去呢。使我孩儿丧生于镬。"张公子想辩解，少年不听："你不识人，不辨是非，难做大事，我怎么敢再托付您豢养鸽子啊。"说罢，一挥手，鸽群里所有的白鸽子都飞聚到少年身边。少年最后瞪一眼公子，也化作一只白鸽子，带着一群白鸽子飞走了。

天明，张公子去看笼里的鸽子，果然所有的白鸽子都不见了。公子追悔莫及，灰心丧气，把他所养的鸽子全部分送他人。

后来，张公子一生碌碌无为，一事无成。

踢　馆

邢庆杰

鲁北武师燕南飞，是李铁头的大弟子，也是后来的名师关小宝的师兄。他在李铁头这里入门之后，又到各地遍访名师，学了很多拳法，太祖长拳、查拳、形意拳、六合拳、咏春拳、罗汉拳等等，他样样精通。

燕南飞最擅长的是燕青拳。燕青拳又称秘宗拳，集百家之长，施展起来，既有少林拳、鹰爪拳、通臂拳的刚猛，又兼太极、形意、八卦的刚柔，可谓刚柔相济、变化多端，动作环环相扣，如行云流水。每逢需要"露一手"的场合，燕南飞就会亮出燕青拳，一趟拳走下来，那真叫一个利落、漂亮，往往会收到一片掌声和赞叹。有人说，这简直活脱脱一个"小燕青"呀！他由此得了一个"小燕青"的绰号，并很快在当地传播开了。

小燕青的名气很快超过了李铁头。他开始自立门户，就在自家的大院子里开馆收徒。

农村的孩子们习武，都是利用晚上的时间。白天学生要去上学，辍学的要下地干活或外出打工。小燕青本身也是一个农民，家里有几亩责任田要打理，白天也没有时间舞枪弄棒。

这年春天，小燕青正在给麦子浇返青水，一个十三四岁的孩子找了过来。

那孩子面黄肌瘦，衣衫破旧，离老远就喊：大哥哥，你是小燕青吗？

小燕青赤着脚，正端着盆子，往麦地里撒化肥，听这孩子直呼自己的绰号，就没搭理他。

那孩子以为他没听见，沿着田垄走到他面前，又问了一句，大哥哥，你是小燕青吗？

小燕青瞪了他一眼呵斥道，小燕青也是你叫的？

那孩子愣了一下，羞愧地低下头，小声说，别人都是这么叫的，俺也不知道该怎么叫……

小燕青不耐烦地问，有啥事？

那孩子虽然瘦弱，却有两只乌黑明亮的大眼睛，他就用那两只大眼睛怯生生地盯着小燕青说，俺想……跟你学燕青拳……

小燕青早就猜出他是来拜师的，并已经在心里拒绝了他。这孩子身体太过瘦弱，不适合练武。但小燕青打算捉弄一下他，作为对他直呼自己绰号的惩戒。他指了指地头说，你先把那袋化肥给我扛过来。

那孩子二话不说，沿着田垄跑到地头，就对着那袋一百斤重的化肥折腾起来。他又是抱又是提，还跪在地上用肩头顶，试图把化肥扛起来，忙活了半天，汗水把衣服都浸透了，也没把化肥弄到肩上。

小燕青见他累得差不多了，就远远地冲他喊，算了吧！你省省力气，回家娶媳妇抱孩子吧！

一句话，让周围干活的人都"哄"的一声笑了。

几个妇女也跟着起哄，小伙子，这点力气，留着用在媳妇身上吧。

把吃奶的劲都用上了吧……

那孩子两只大眼睛里噙满了泪水，他呆呆地站在地头上，站了好久，谁也不知道他是什么时候走的。

小燕青很快就把这件事抛到了九霄云外。

数年后的一个傍晚，夕阳正从树梢上缓缓滑落，小燕青的徒弟们已在他的大院子里聚齐。

就在这时，一个洪亮的嗓门喊，燕师傅在家吗？

随着话音，一个二十出头的青年男子大踏步走进院子里。来人个子不高、细腰、宽肩，两只眼睛又大又亮。

小燕青一看，有点儿面熟，但想不起在哪里见过。

来人冲他一笑说，燕师傅，俺是仇家庄的，在家里排行老七，人家都叫俺仇七。

小燕青问，找我有事？

仇七说，久闻您的大名，想找您请教一下。

小燕青顿时明白了，这小子是来踢馆的。他又仔细打量了一下对方的身材，知道来者不善。武行里有句俗话："腰细膀子大，尽量别惹他。"这种身材的人，身子灵活，爆发力强，不可小觑。

小燕青决定让大徒弟何大元替自己迎战，自己也好摸摸对方的底细。

何大元身高一米八五，往仇七面前一站，高了他半个头。

两人刚拉开架势，何大元一个右直拳，冲仇七就打了过去！仇七身子一矮，贴到何大元的左肋下，轻轻一靠，脚下一别，何大元身子向前飞起，重重地跌落在地上。他挣扎了一下，竟没有爬起来。

院子里忽然静了下来，小燕青的徒弟们都傻眼了。谁也没想到，他们最强的大师兄，在仇七面前这么不堪一击。

小燕青倒吸了一口凉气。他虽然知道何大元没有必胜的把握，但没料到输得这么快、这么惨。

没容他多想，仇七冲他咧嘴一笑，燕师傅，请您赐招吧。

事情到了这个地步，小燕青已经毫无退路了。他知道对方擅长贴身靠打，决定用腿。但他毕竟是对方的长辈，还得摆摆姿态，就冲他招了招手说，你先出招吧！

仇七也不客气，擎起双拳，欺身扑上！小燕青右腿抬起，使了个侧踹，这一脚既是守也是攻，让仇七不能靠近。仇七绕开那腿，刚想靠近，小燕青收回右腿，左脚横斜踢了过去。仇七退后一步，刚避开这一腿，小燕青身形后转，右腿借势来了个反踢。这三腿，是燕青拳中的连环腿法，逼得仇七连退了三步。徒弟们这才缓过神来，纷纷为师傅叫好！

小燕青借着这个势头，腾身一跃，一个穿心脚冲仇七踹了过去。仇七向后滑了一步避开。小燕青刚刚落地，仇七一个侧踹蹬在了他的胸口，小燕青仰面摔在了地上。他身子刚一沾地，一个乌龙绞柱腾空而起，还没站稳，就见仇七已近在眼前，双手合十向他推来，快挨近他胸口时，双掌像莲花般张开平推过来……坏了！小燕青认得这招，这是少林掌法中的"僧推门"。躲是来不及了，他只好猛吸了一口气，来承受这一掌。仇七的双掌分别推在他的左右胸上，小燕青的身子忽地向后飞去，他背后的两个徒弟赶紧接住他，三人同时摔倒在地。

小燕青爬起来，只觉得胸口发闷，嗓子眼发甜。他捂着胸口，深吸一口气，强自压住呕吐欲。

仇七一抱拳，燕师傅，承让了。

小燕青有些不甘地望着仇七问，小兄弟，你师傅是谁？

仇七笑笑说，俺的开手恩师是北乡关小宝，又在少林寺学了三年。

小燕青的脸"腾"地红了，关小宝是他的师弟，他竟然败给了师弟的徒弟。又问，咱们见过吗？

仇七"嘿嘿"一笑，见过的，以后燕师傅再浇地，招呼一声，俺去给你撒个化肥。

说罢，转身离去。

此事传开，人们都道小燕青练的是花拳绣腿，中看不中用，他的徒弟们纷纷投到了关小宝门下。

不到半年，小燕青的武馆便关门了。

珍　婶

李海燕

　　珍婶出门的时候，启明星还挂在天上。珍婶抬头看看启明星的位置，知道自己今天比往日出来得早了。

　　珍婶出了村庄，走上那条光溜宽敞的乡村公路。路两旁是高大的钻天杨，树与树之间种植了许多花草，此时开得最好的是黄菊和翠菊。珍婶停在一簇翠菊前蹲下来，捧起一朵嗅了嗅，一股淡淡的菊花香钻进鼻孔里。珍婶喜欢翠菊优雅又不失艳丽的小花朵。

　　十几年前，珍婶自家的院子里种过许多翠菊，一到秋天就开得热热闹闹的。后来就没有心情养了。此时珍婶心里的一块柔软之地，被这些小花朵唤醒了。嗅完花香，她掐下一朵戴在鬓角，这才站起来继续往前走。

　　那朵小花在珍婶的鬓角颤巍巍地开着，珍婶心情愉悦起来，看哪儿都美美的。以前走的也是这条路，怎么就没觉得路上的风景这么美呢，或者压根儿就没好好地看过。往日身上背负的东西太沉，沉得让珍婶总是弓着背行走，脚步匆匆忙忙。

　　珍婶在柳河火车站的站台上卖茶叶蛋，也卖一些地方特产，如柳河干豆腐、柳河烧鸡，还有自己采的松蘑、酸枣、野核桃啥的。珍婶从不像别的小商小贩那样随意叫高价，给的分量也足。她说，哪怕缺少一两，她都会良心不安。

　　十几年如一日，珍婶在这条路上穿梭，那时候珍婶才四十岁出头，还是一头黑发，腰身还是挺直的。

　　早上六点十分那趟车，在柳河车站停车五分钟。这条线上的常客都知道柳河车站有个卖茶叶蛋的女人，还卖一些地方特产，虽然品种不多，但东西新鲜，价格不贵且分量足，很多人都愿意到柳河车站买她的东西。五分钟后，珍婶的袋子、篮子都空了。珍婶看一眼那列绿皮火车像竹节虫一样消失在一座山的后面，就匆匆往回赶。她出来时儿子还睡着，她得赶回去叫儿子起床上学，还有院子里的鸡鸭鹅、地里的活计都等着她。

今天珍婶不是去柳河车站卖东西的，她是去坐火车的。珍婶要坐一回看了十几年却一次都没坐过的那列火车。

仲秋略带凉意的风中，弥漫着庄稼成熟的香甜气息。看着那些饱满的庄稼，不知怎么珍婶就想起了自己的男人。也许是今天与往日不同，让珍婶有时间想起男人。

珍婶的男人在村上当村书记，很忙碌，老百姓鸡毛蒜皮的事他都得管。男人是个好干部，村里人都这么说。珍婶却情愿男人别太好，做事别太认真，那么男人也就不会无辜地死在一个间歇性精神病人的刀下了。

不堪回首的一天，时隔十几年，依然让珍婶疼得不行。

那是个星期天，外面下着大雨。在县城读高中的女儿回来了，珍婶包了饺子给女儿改善伙食。一家人正吃着，村里一个女人顶着大雨跑进来，说她患有间歇性精神病的男人要杀自己的儿子。珍婶的男人放下饭碗就随着女人跑出去了。珍婶没往心里去，母子三人继续吃饭。等有人来报信，说珍婶的男人被那个精神病人砍了，珍婶吓得魂都丢了，被来人搀着来到出事地点。被砍断脖子大动脉的男人，血都快流干了，已经不能说话，只留给珍婶一个复杂的眼神。

那年女儿十六岁，儿子十二岁。珍婶的天空在那天，轰然倒塌了。

珍婶一直不能从那个阴雨天里走出来，直到两年后女儿考上大学，几千块钱的学费难住了她。

那个夜晚，珍婶几乎一夜未眠，直到启明星升起来。那颗又大又亮的星星，让珍婶想起男人去世时的眼神。

三天后，珍婶开始去柳河火车站卖茶叶蛋，后来逐渐添加一些地方特产。珍婶就是靠在那个小小的站台上卖东西，让儿女顺利地完成了大学学业，后来女儿还读了硕士研究生。两个孩子毕业后都留在了省城，工作也都体面。女儿已结婚，身怀有孕。儿子也按揭买了一套房子。两个孩子都不让珍婶干了，让她跟他们去省城。珍婶不愿意去，她还没到养老的时候呢，去车站的五里地她走惯了，还有家里几亩地，还有院子里的鸡鸭鹅，还有她生活了三十多年的村庄。村庄里的人越来越少了，有些土地都荒芜了，她却不愿意随这个潮流。可就在昨天，她的生意被叫停了，这条线上的这列绿皮火车，今天最后一天运行，明天就停运了。

家里还有些存货，但最后这天，珍婶不想卖了。她把剩余的东西打包了十份儿，每份里装五个茶叶蛋、一斤干豆腐；剩下的五只烧鸡一分为二切开，每份装半只。她想用这些作为礼物送给那趟车的乘务人员。她不知道那列车里有几个乘务人员，也不认识他们，甚至在那忙碌的五分钟里，她都没有时间看他们一眼。但这十几年的岁月，是他们与那列绿皮火车一起陪伴着她走过来的，那些岁月劳碌辛苦，却是最美好的。

珍婶到车站的时候，站台上静悄悄的，离那趟火车抵达还有四十分钟。珍婶走到一旁的一个长条木椅前，像以往看到的旅客那样坐下来。其实珍婶并不累，她今天轻松着呢，但她想像模像样地坐一次火车，每个程序都要走一遍。

距火车抵达还有十分钟的时候，珍婶站起来，站到那个写着柳河火车站的站牌下，等待火车的到来。小小的站台一眼就能望到头，望不到头的是两边延伸而去的铁轨。珍婶看着延伸而去的铁轨，思量着自己去哪儿。她本想随意来着，又想到女儿再有两个多月就生产了，小外孙的小被子小衣服都没置办呢。那就去兴远城吧，顺便把这事给办了。

当那列绿皮火车披着一身霞光，从远处驶过来的时候，珍婶的心跳禁不住地快了两拍。

赶　蛋

王喜明

　　老瓢把子是清末民初关东一带盗贼的总帮头儿，手下有徒弟一百来号人。不管哪个徒弟偷盗了钱财都要归老瓢把子所有，他只将少量的钱财分给徒弟，算是酬赏。

　　空妙手是老瓢把子最得意的徒弟。六年前，空妙手还是个小乞丐。那天，他饿昏在一处墙角里，老瓢把子把他背回家，一口汤一口饭地把他救活了。老瓢把子见小乞丐聪明伶俐，主动收他做了徒弟，封贼号：空妙手。老瓢把子对空妙手言传身教，空妙手悟性又高，不出三个月，就可单独行窃。空妙手很受老瓢把子的宠爱，每次空妙手得手了，他都要多分给空妙手一些赃物，他想用这些小恩小惠留住空妙手的心，叫空妙手终生孝敬自己。

　　老瓢把子没想到，今天中午，空妙手拎着几条活蹦乱跳的大白鱼来了，他嗫嚅着："师傅，我想老母了，我想'赶蛋'……"

　　赶蛋，是贼徒向师傅提出脱离关系的一种赌约：双方在约定时间内，徒弟盗窃师傅的物品，若徒弟得手，徒弟可自立门户；若被师傅擒获，徒弟将终生侍奉师傅。

　　听了空妙手的话，老瓢把子摘下老花镜，沉吟了一会儿，说："那就按帮上的规矩办吧，从今儿个中午到明天这个时候，你能把我的老花镜'顺'走就成。"

　　"谢师傅。"空妙手走了。

　　空妙手走后，老瓢把子一直把老花镜戴着，时刻不离左右，他也一直没有走出屋里半步。待到半夜，都没见空妙手的影子。

　　老瓢把子犯了困，躺在了炕上。伏天的夜，潮湿闷热，老瓢把子把窗户打开半截，感到爽快多了。他实在困乏，便把眼镜摘下，塞进枕头底下，打起了盹。不知过了多久，老瓢把子被外屋"喵……喵……"的猫叫声惊醒，他"腾"地翻身坐了起来。

外屋的橱柜里，是空妙手中午送来的几条鲜嫩的大白鱼，已用葱花、姜蒜等调料腌上了，放在一只陶瓷盆里。老瓢把子最爱吃鱼，预备明天早饭煎着吃。准是哪里来的野猫深更半夜给惦记上了！老瓢把子跳下炕，一头儿冲了出去，但并没见着野猫的影子，连声音也霎时消失了。

"不好，上当了！"老瓢把子暗暗叫着，旋风一样趸进屋里，直奔枕头边，紧张地摸索着。糟糕，老花镜不翼而飞了！

老瓢把子"嗖"的一下，从半敞开的窗户跳了出去。大院里一片漆黑，老瓢把子知道，此时，空妙手肯定在哪个犄角旮旯里躲藏着。

老瓢把子把大院搜了个遍，没搜到空妙手一点蛛丝马迹。

老瓢把子来到了东墙角的芦苇垛旁，那里放着一口一人多高的防火缸，里面蓄着大半缸的水。老瓢把子看了一眼平静的水面，一翘腚，坐在了缸沿上，手里把玩着什么东西。倏地，一股风把老瓢把子手里的东西吹进了缸里。老瓢把子瞥了一眼，又哼哼起了"二人转"，一直哼到嗓子干了，才跳下缸，对夜空大声地说："你翅膀硬了，要飞了！"

翌日上午，空妙手来了，双手把老花镜捧给老瓢把子，说："对不起了，师傅。"

空妙手脸上显着得意。昨天中午，他送完大白鱼，就去郊外一所破庙里逮了一只野猫，趁天黑时，他抱着野猫钻进了师傅家东墙角的芦苇垛里。等师傅睡觉了，必然会把老花镜摘了塞在枕头下，这是师傅的习惯。但他直熬到半夜也不见师傅睡觉，找不到机会行窃。他看到师傅因闷热开了半截窗户，一会儿就听到师傅的呼噜声了。他知道机会来了，蛇一样地溜到外屋门口，把门轻轻地推开一条缝，把野猫放了进去。野猫闻到大白鱼的腥味，"喵喵"地叫着寻找大白鱼。空妙手蹲在门口，竖着耳朵听屋里的动静，他听到师傅下地的声音时，就疾风般地回转身跑到窗户底下，一个鹞子翻身进了屋里，成功地窃走了师傅的老花镜。

师徒就要分别了，老瓢把子把一条鼓囊囊的布袋系在空妙手腰间，说："徒儿啊，有娘多好，这是我给你老母的银子，要好好待你娘啊！"

空妙手湿了眼眶，抬眼看师傅头发都灰白了。六年前，自己撇下老母出来要饭，饿昏在街角，是师傅捡了自己一条命；又是师傅传授偷窃技艺，使自己成了有名的"高买"，这是行里的黑话，意思是窃技高手。

别看老瓢把子现在有着上百名贼徒，他也是苦命人出身从小就没了爹娘，流落街头成了小乞丐，后来入了贼帮，成了关东一带有名的贼头儿。师傅一辈子没结婚，孤苦伶仃的一个人。

空妙手有点可怜师傅，还有点愧疚。自己跟师傅说想念老母，那是真话，也是假话。实际是自己做了一个大活，偷得一尊手掌大的金佛，价值昂贵，没有孝敬师傅，起了贪念，想据为己有。他以思念老母为由，向师傅提出"赶蛋"。

空妙手昼夜兼程地回了老家，见到了日夜思念的老母，母子俩抱在一起喜极而泣。就在他把腰间布袋子里的银子拿出来时，有什么东西从里面掉了出来。他捡起来，端详许久，回想起那晚——

那晚，空妙手刚要翻墙逃走，师傅也跳出窗户追过来。空妙手急忙跃进防火缸里，身子慢慢地缩进水中，只露出半个脑袋在水面上喘气。不一会儿，他听到师傅朝防火缸走来，立即把脑袋缩进水里，大口地憋着气。就在空妙手憋得脑袋发胀时，老天爷开眼，一股风把一个能救命的东西吹了进来，漂在水面上……

空妙手低头看着手心，那是一根芦苇秆子。他心里什么都明白了，喃喃道："师傅……"

空妙手决定，从此金盆洗手，不再做贼。不久后，老瓢把子收到一个匿名包裹，里面是一尊金佛，还有一张便条，上面写着："我错了。"

半夜敲门声

熊君红

  大雪那天，雪花像一群调皮的孩子，漫天肆意追逐。我下夜班，一回到家就往沙发上倒。

  几声若有若无的敲门声，把我惊醒。谁在敲门？想起昨夜没抢救过来的病人，我不由有点害怕，小声说："我们都尽力了，你别来吓我。"

  敲门者竟好像听懂了我的话，犹犹豫豫，重一下轻两下："咚，咚咚。"我大脑中一时警铃大作，家里近来没有网购，也没下单外卖。难道是有坏人跟踪了我？想起网上某个案例，我心里一紧，几步跨近大门，大着胆对着猫眼往外看，门外黑乎乎的，看不到人影。停了停，敲门声却不响了。我想了想，抬起一只手，哆哆嗦嗦地将钥匙轻轻插进锁孔，反转半圈——网上学到的防盗大法。但敲门者似乎听到动静，竟不再犹豫，又把门敲得"咚咚"响。遭了，看来坏人是要下手了。真后悔没装个摄像头。丈夫出差前要买个摄像头装上猫眼，我说装啥呀，家里又没金山银山的。

  我退回沙发上蜷缩起来，心道："谁敲门也不开。"昨晚甚是蹊跷，同一时间，抬进来几个鲜血淋漓的伤者。一个是从脚手架上摔下来的工人，还有两个是汽车追尾的伤者，听同车轻伤者说那是两个热恋情侣。唉，小年轻呀，开车可不能开小差呀。这不，手一抖，车子开到了大货车底下。一晚上三伤两亡，把我这个夜班外科护士忙得脚板不贴地，心里生出许多痛。

  敲门声还在"咚咚"响。

  "谁在敲门？"我实在坐不住了，轻轻走过去，握住门把手，往下一扭，将门狠狠向外一推。"哎呀"一声，门打在一件黑色大棉袄上。我被唬得倒退几步，揉揉眼，原来是对门的张阿婆。

张阿婆赔着笑脸："王医生，请问你家燃气灶能打着火吗？"

"能啊。"我上下打量着张阿婆，心想这大半夜的，她要干吗？

"麻烦你再去打燃气看看，好吗？"张阿婆可能看出我的疲倦与不安，说话小心翼翼地。

我走进厨房，扭开燃气灶开关，蓝色火焰"噗"的一声，直冲锅底。关好开关，我又走到门口："能打着火。""谢谢你了，我家燃气卡月初才充的钱，有燃气，可就是打不着火。"张阿婆说她还清扫了燃气灶出火焰的所有小孔。

我说："那可能是电池没电了。"

"电池？在哪里买？怎么装？"张阿婆一脸茫然，一只手揪着衣角。

我望了一眼屋外纷飞的雪花："大雪天呢，路滑，我去帮你买电池吧。"说着我带上钥匙与手机，"哒哒哒"往楼下小跑。

张阿婆的老伴前年去世了，唯一的儿子去年出了车祸也走了。抢救儿子那晚，张阿婆跪在我们医院抢救室外面的走廊上，见一个医护人员走过就磕一个头。我匆匆走过，没敢拉她起来，心想这是老人的一种许愿方式吧，由得她。

最终，张阿婆的儿子还是没能抢救过来。后来，张阿婆在楼梯间遇到我，说："谢谢你啊王医生，那晚我认出你来了。"

很快，我买回了燃气灶专用电池，"哒哒哒"冲上楼来。张阿婆仍站在楼梯口张望着。她接过电池，掏出手机硬要还我钱。七十来岁的老人，操作起手机来也很顺溜。张阿婆说幸亏儿子教会了她用微信。

与张阿婆道别，我进屋来再次把自己抛入沙发，抱紧靠枕——我不信今天就不能睡个好觉。

又一阵敲门声把我从梦境中拉出来。我有些烦恼，索性捂住两耳。但敲门声还是穿过指缝钻进耳朵。

"谁在敲门呀？"我霍地坐起身，气鼓鼓地跨向大门，打开门。还是张阿婆。她说话吞吞吐吐："王医生，又来麻烦你了。"

我没好气地说："你怎么又来敲门？"张阿婆说："我给燃气灶上好了电池，可还是打不着火。"

"难道我买的是水货电池？"我觉得不可能，决定去她家看看。

张阿婆一把我带进门，我就闻到一股燃气味儿扑面而来。我几步跨进厨房，将燃气灶开关关上，再回身打开所有房门和窗户。雪花像孩子般挤挤拥拥地飘了进来，冷风一下子把室内的燃气味儿吹散了。我撬开燃气灶底部的电池盒盖子一看，原来张阿婆把电池的正负极装反了——老天爷，幸亏装反了！

我重新装好电池，确认安全后，打着了燃气灶。看到冒出来的蓝色火焰，张阿婆轻语："今天是我儿子生日，我想做他喜欢吃的红烧肉。"

第二天一早，我推开门准备去上班，便见张阿婆笑意盈盈地守在门口等我，手里还端着一碗红烧肉。

谋　面

陈国凡

大人，如此，怕是要对您不利吧？县丞蹙着眉头，不无担忧地说道。

有来客路过，江陵县令范理设宴接风，以尽地主之谊。菜肴仅一荤两素一汤，稀松；酒为地方酒，平常。来客似乎有些不悦，宴席上少有言语，早早就散了席。

平时还没这荤菜呢，什么利与不利，随他去吧。范理一甩袖袍，忙公务去了。

来客乃当今内阁首辅杨溥的三公子杨旦，此次从湖北老家前往京城看望父亲，一路被地方官员好生款待，宾主尽欢。

范理是唯一的例外。

唉，怕是大家都要倒霉了！县丞重重地叹了口气。

数月后，诏令至，擢范理为德安府知府。这可是连升数级啊！没有一个人不吃惊的。盛传与首辅杨溥力荐有关——可这两人素昧平生啊。

老爷，恕我多嘴，我觉得您应该给杨大人写封亲笔信，以表谢意才是。随从阿东言语诚恳。阿东是范理同乡——浙江天台人，自范理踏入仕途起，便一直跟随在他左右，须臾不曾离开。

范理不置可否，却终究未有行动。

夜深人静时，范理面朝京城方向，行了揖手礼。

德安府官场人脉交错，鱼龙混杂。数百家农民的田地被无端侵占，多次告而不得，历任知府不敢审理，因侵占者乃楚王的护卫们。属下或建议范理睁一只眼闭一只眼，或主张动用首辅之关系。范理或严厉斥责或不予采纳，直接上奏圣上，痛陈弊害，言辞犀利，终为百姓拿回田地。百姓交口称赞。

后，范理升任南京工部侍郎，负责修缮南京城。

老爷，恕我直言，您应该亲自去京城拜见杨大人，再不可推托了。阿东言语恳切。

为何？范理问道。

老爷难道不知外面都怎么说您吗？

知道啊，说我范某人不懂礼数，不知感恩，是白眼狼。范理微笑道。

亏老爷还笑得出来。阿东有些生气了。

难道要我哭啊。范理仍笑着。

我怕老爷遭人口舌啊。阿东言语中透着焦虑。

范理忽然正色道，为官者，当有所为，有所不为。亦当有所谓，有无所谓。我姓范名理，凡事讲理，凡百姓事我就要理，且要理好。

时官府财政急困，修缮南京城的资金缺口不小，范理不向百姓和乡绅征税、集资，而是卖掉库存的新苇、布料和旧木材，得白银万两，悉数用于南京城的修缮。城市面貌为之一新。

因交通不便，原先运往南京的粮食全由民力承担，劳民伤财。范理改由兵士运输，既减轻百姓的劳役负担，又节省了大量费用。他又将这些节省下来的费用专做备荒赈济之用。一时百姓称颂，朝廷称善。

范理又升至吏部任职，任左侍郎，专门负责官员的考核与黜迁。趋炎附势者众，一时门庭若市。范理有约在先：凡公事，一律约在府衙，公开面谈，绝不私下议事；有私事，即便在家见面，绝不私下解决。很快，范府门可罗雀。范理采用考课公明制度，实行量化考核，官员的所作所为，功过是非，一目了然。朝野皆称其公允，连被贬官者也绝少有怨恨和不满的。

那夜，灯火阑珊，范理立于城墙，面向北方，表情肃穆，久久不语。一旁的阿东嘴唇翕动，几次欲言又止。他内心那个声音一直就没消停过，此刻翻蹿至喉咙口了：滴水之恩，当涌泉相报啊。

范理似乎看穿了阿东的内心，转头对着阿东说道，报恩的方式有很多种。你曾说过怕我遭人口舌，我何尝不担心杨大人因我而遭人口舌、被人非议啊。好了，别多想了，我范理此生定会与杨大人谋上一面的。

忽闻杨溥病逝，范理大恸，即刻动身前往京城。寻得杨府，表明身份，说明来意，终获应允入内。

杨旦亲自将范理引向灵堂。杨旦说，先父知你会来，你终于来了。

只这一句，范理眼前已是模糊一片。

范理一身孝服，踉踉跄跄迈入灵堂，百感交集，伏地大哭。杨大人，下官范理来了，范理没有辱没大人啊！

此后，范理将杨溥的大幅画像高挂于府衙和寓所，二人得以日日谋面。每行事前，范理必整衣正冠，恭敬立于画像前，凝视良久，思量再三。

范理为官四十余年，"居官清慎忠勤……家无半椽寸土之增，服食粗粝如贫士。"当地百姓念其恩，为其立去思碑。

绝　对

张中杰

"吃了吗？饿了家里还有饺子……"

"今儿立秋，晚上冷，记得穿厚点，加件衣裳……"

风凉飕飕，夜黑沉沉。他没开灯，发过两条信息，手机屏俏皮得似星星点点闪烁，儿子星星青春含笑的脸，如在眼前。

"您也保重！"

望着下边加了心字底的"您"，他有些迷茫，别扭。这不像儿子的风格。五年前，老伴病逝后，星星和他像哥儿俩，称呼早在心里揣着了，从不加的。

窗外，夜色像墨汁一般又黑又稠，浇在空气中，压抑住呼吸。他感到紧张，手微微颤抖，在恍惚中回复。

孤单犹若无数条冰冷的蛇，一寸寸挤压、迫近、抑制、噬咬他的心。

"向太阳奔跑"，他这个刚退休的老交警的网名没有暮气沉沉，像暮鼓晨敲，总有一股朝气呢。

"向星星出发"，刑警儿子的网名自带职业习惯，夜晚是最好的陪伴。

老伴故去，那个叫"月亮"的已经销声匿迹。微信群里，唯有太阳与星星的对话，隔三岔五。

当初，太阳和星星父子俩可互相争着发光呢。

农业大县，县城周边全是乡，接合部交通事故频发。被屡屡通报丢人不说，那老百姓的命可重要呢。尤其是三轮车夫、农机车手缺乏交通安全意识，为省时间干活，工夫不搭路上，总是呼朋唤友，三五成群坐上车，一出事都是大事。可是，他和同事们苦口婆心嘴皮磨薄成一张纸，宣传教育效果仍像是骆驼群里的一只蚂蚁，啥也不显。他琢磨了三天三夜，逐个儿去往三轮车上贴反光贴，警示条变成"防撞条"，让车在其他开车人那儿"被看见"，尤其是黄昏时分非常醒目。事故率像温度计掉进冰窟窿，直线下降。

星星从派出所被抽到刑警队，片儿警的活儿因为人少一时脱不了手，两头忙，还都想出彩。大案要案发一破一，够让人惊喜了，更令人吃惊的是星星还硬是当上了和谐小区的"好管家"。他是怎么做到的？星星拿着小区三分之一住户的钥匙。那是个郊区迁置小区，孤寡老人、留守儿童多，老人忘性大，孩子们又贪玩，备用钥匙都让星星保管。

那次，有个小女孩报警说路边有被遗弃的小猫。星星出警，找不到收养者，就自己把它抱回家，取名平安，弄得父子俩藏青色的服装上总有白猫的毛。

星星，难道你是会七十二变的齐天大圣，有三头六臂吗？披星戴月，脚不沾地两头儿跑，熬的是时间，也是命呀。你知道逞这个能有多累吗？

他心疼地埋怨，也好像是数落自己。

"你的腿伤好点了吧？"

"你的血压有点高，该上医院看看了。"

他耐不住，又在群里发信息。

许久，回答他的是一片空白。

"好了。这个案件忙完就去！"

漫长的无望等待后，一条信息慢吞吞地冒出来，像这段时间自己老掉牙的自言自语。

时光可真绝情，转眼他这个朝阳像骤然跌落黄昏的夕阳，再也跑不动了。

温热的液体蓄在眼窝，停泊一会儿，顺着鼻翼两侧悄悄滑淌。他鼻腔瞬间酸酸的、涩涩的，又升腾滚涌到眼角。眼睫毛湿润了，眼前白花花茫茫一片，手机屏幕花了，什么也看不见。喉咙被堵塞，呜呜咽咽。黑夜往子夜狂奔的路可不短。

黑洞。空洞。一切都在寂静的夜里影影绰绰。

"你和芳的婚事赶紧办了吧，你妈等不及都走了。听话啊！"他嗔怪地又发。

"好，过了元旦就办。这不有个大案专案紧张，芳在医院比咱还忙嘛！"

这次回复可真快，那个伸舌头的小人儿表情真逗，几乎把他眼角的潮润一点一滴逼出来了。两行。

"别给我贫。你小子还欠我个生日宴。"六十岁，他过第一个生日，儿子像流星一样藏起来不见，遗憾。

"算了，我知道你总是忙。不用还了，要还就还个拥抱吧。"

他感觉自己说的是一种奢望，很勉强。又不甘心。

"还，马上还，您等我。"

"我欠您的，下辈子一定还。"

这次，居然秒回。最后边是一串串小人儿的拥抱，似天上星星，数不清。

他关上两部手机，绵延无助的累，海潮般席卷了无望的他。

餐桌上的菜早已凉透，盛着星星爱吃的饺子的盘子上还插着两双筷子。

他把早斟满的三杯酒洒在地上。

"瞧你那点儿出息！"他暗暗责备自己。曾经那么果敢，眼神那么犀利，如今，双眸暗淡浑浊，没有一丝光。

喝毕，他慢慢转过身，用粗粝的手掌心擦了擦儿子英气逼人的遗像。汗泪浸湿的手，一遍又一遍。颤颤抖抖。

"喵。"平安从地上跳起来，扑进他的怀里。

其实，他啥都知道。今天，自己早已擦过无数次。

上面，一尘不染。

今天是他的生日，他穿上警服，用手指弹弹灰尘。

又倒了一杯，一个人无声啜饮，独醉。

长命鞋

司玉笙

老鞋匠每天早上睁开眼的第一件事，就是瞅瞅工具箱上的那双鞋。

那是一双老式的女式皮鞋，牛皮的，黑色。虽说不清它是哪年的，可它却片刻没离老鞋匠身边。

六十四岁那年，老鞋匠感到腹部疼痛，到就近的医院检查。拍片检查结果出来后，被医生诊断为绝症晚期，说顶多还有半年光景，让他住院好生治疗。他说他得处理完家里的事才能过来。

他所说的家里的事，就是还有三双鞋没有修补好。第二天，他照旧推着那辆特制的四轮小车到胡同口，坐在那儿一边做活计一边等待鞋的主人。其中就包括这双皮鞋。

老鞋匠独身，是古镇里最老的手艺人。据说他年轻时右脚板被硬钉扎了，落下一个跛脚的毛病，走路时有轻微的侧颠。自那以后，他就对鞋子上心了，鞋子烂了破了自己动手缝补，又到城里偷偷观摩人家是怎样修鞋的。之后买了工具什么的，先是免费给邻居们修补鞋子，后来就在自家门口揽活儿。再后来就到这个胡同口落地坐摊。

他坐摊时很少看人相貌，只对视野里的鞋子感兴趣。这些鞋子形形色色、有大有小，摩擦出撩人的声响。

穿上一双好鞋，能让人走很远很远。他看着，还时不时地念叨，好像在说与路人听。

几天过去，修好的鞋陆续被主人取走，唯有这一双剩在了这儿。

她怎么啦，是忙还是忘了，也许压根就不想要了？老鞋匠心中纠结着，还带着几丝怨愤。于是，就尽力想象女主人的模样。越想，那人就越模糊。好在主人没来鞋还在，这就好，这就好，我就等吧。这一转念，心中的纠结淡化了，怨愤化作怜惜，身子骨便轻松了许多。夜里临睡前，他必定会将这双鞋细细地揩拭一遍，再上鞋油打磨，直到鞋面在灯光下透出原有的亮色。做这些时，他带着微笑喃喃地说着什么，声音只有他自己能听见。

几个月过去了，几年过去了，这双鞋还是没人来取，老鞋匠等下去的信念却越发坚定。更不可思议的是，他腹部疼痛的症状逐渐减轻，好像有什么神丹妙药在起作用。但愿是误诊，他想。

只要天气晴好，人们就会看到他的身影伫立在胡同口。时间长了，人们都管这地儿叫"鞋匠胡同口"。奇怪的是，多年过去，老鞋匠似乎一直没有变老，面色如春风中的桃花，镶嵌着数不清的笑纹。推车走路时腰板挺直，根本看不出他有跛脚的毛病。时常会有孩子们上来替他推车。老少有问有答，笑语盈盈。

随着时间的推移，几乎没有人再找他修补鞋子，倒是模样不错的各式鞋子被人随手丢弃。看见那些可怜的鞋子，他在心里叹道，多好的鞋子，修修补补还能穿几年，咋就扔了呢？你们能丢我不能丢，咱客家人就是这脾气！

那年初秋的一天，古镇来了几个游客，走到这胡同口便立住了。他们相互望望，而后眼光不约而同地落在老鞋匠身上。再一看，工具箱上摆放着一双被擦得锃亮锃亮的女式皮鞋，晃眼。

"现在市里很少再见到修鞋的了，还有这样的鞋……"有人低声道。

随即，相机、手机聚焦老鞋匠，左拍右拍的。胡同里的人也被吸引过来，睁大眼看。

"今年多大岁数了，老人家？"

坐在矮车上打盹的老鞋匠似乎没听见，只是身子不由地颤了颤。

看热闹的一个邻居插言道："老爷子明年就九十了！"

"哦，高寿——这双鞋怎么回事？"

"你得问他。"

"老大爷，您好！能说说这双鞋吗？"

老鞋匠睁开了眼，一见这么多人，颈项忽地扳正。"修鞋？"

"不，不，是想问问这双鞋……"

老鞋匠好像没听见，还是极认真地扫视每个人脚上的鞋。再与他说话，他老是打岔，近旁的人就笑。

“你把这双鞋拿起来他可能就知道你问啥。”

一个老邻居利索地拿起那双鞋在老鞋匠面前又晃又绕，如同发信号。这一晃一绕，老鞋匠的眼光就跟着转。

“知道这双鞋是谁的吗？”

“是个小大姐的……”

“多少年了？”

“记不清了。”老鞋匠笑了，笑得眼里翻出泪花。“我等了好久好久……值！”

游客走后两天，陆陆续续来的人更多了。到了近前，都要抓起那双鞋或晃或绕，老鞋匠拦也拦不住。邻居喜滋滋地告诉他：“你现在成‘网红’了，也就是出名了！”

他一听，噘着嘴道：“我一个老头子家要啥的网红，要紧的是命……”

待人走了后，他低头提起那双皮鞋仔细一看，皮面开裂、鞋腰也变形了。他揽在怀里抚摸着，渐渐哭出声来：“毁了，毁了……”

当天夜里，老鞋匠去世。收殓时，他双臂还紧紧地抱着那双鞋。

老鞋匠走后不久，古镇里多了一尊塑像，古铜色的，就立在这胡同口。塑像表现的是一个老匠人俯身盯着工具箱上的一双鞋，似有笑意。雨后，鞋窝里积水，就有孩子借此水擦拭塑像。尤其是那双鞋，里里外外被揩抹得水亮水亮的。

深秋的一天，胡同里的人发现一束黄艳艳的菊花摆放在塑像前，风一吹便覆盖了那双鞋。有目击者称，献花的是一个上了年纪的女人，离开时还深深地鞠了三个躬。

驶向黑土地的火车

崔　民

　　我登上绿皮火车，在一个靠窗的座位坐下，四处瞧了瞧，车厢里的旅客不是很多。这一趟，我是去找已经三年未见过面的大学同学，他叫曲亮，我们同寝室。我有重要的事情要跟曲亮面谈。

　　火车在广袤无垠的黑土地上，铆足了劲往前跑。我望着车窗外交替涌现出来的风景，望着望着，不由得又想起了曲亮。

　　曲亮在我们寝室，是话语最少的人，我们都叫他"老蔫儿"。关于管曲亮叫"老蔫儿"的事，我们也有过议论。同寝室的许言和刘凡认为，曲亮来自一个偏僻的农村，大概见的世面少，所以腼腆些，话少些。很显然，许言和刘凡的观点，忽略了和曲亮同是从农村考出来却性格外向甚至有点话痨的我。我用自己的例子，对这个观点给予坚决的驳斥，弄得他俩无话可说。

　　大学毕业前夕，我们开始忙碌就业的事。我留在了省城，许言去了深圳，刘凡则去了杭州，唯有曲亮的就业方向不明朗。曲亮在就业这个问题上，表现得依然沉默寡言，很少主动谈及自己的就业方向。

　　大学朝夕相处的四年生活要画上句号了，我们即将各奔东西，何年何月何日再相聚难以预料。可是要不要张罗聚餐这件事，让我这个寝室大哥犯了难：我担心在餐桌上曲亮话少犯尴尬，可是大学生活中最有意义的聚餐，不能没有。我硬着头皮张罗了那次聚餐，没有料到，在餐桌上，曲亮端着酒杯后很活跃，脸上挂着难得的笑容，话说得也不比我们少。我没有在他身上看到一丁点尴尬，更没有看到平日里的腼腆。曲亮是不是装出来给我们看的？我仔细观察后，得出结论，不是。我趁机试探着问："曲亮，选哪儿了？说给我们听听。"曲亮摆摆手说："这个事儿，没啥可说的。"

我们继续追问，曲亮终于松口说要回农村老家去。曲亮的这句话，让我们的话题戛然而止。

我打心眼里不太明白曲亮的选择。千辛万苦考到省城，读了四年大学，学习成绩也不赖，到了该出人头地的时候，他却选择回农村。这个"老蔫儿"的选择真出人意料！

那次毕业聚餐后不久，曲亮就离开了学校。我去火车站相送，曲亮背着行李登上回家乡的火车。他站在车门处，回头看我，目光碰撞在一起的那一刻，是我和他难忘的无言交流。

我到省城报社工作后，经常参与采访，采访的同时，也带着推荐人才的任务。我推荐的人才只有一人，那就是曲亮。我不怕有人说闲话，说句实话，曲亮只是人有点蔫儿，话不多，容易让人忽略了他的才学，其实他无论是笔下功夫还是专业素养，在我们系里都是名列前茅的，是个名副其实的人才。我总觉得他不声不响地回家乡，会不会大材小用了？

真应了"功夫不负有心人"那句老话，到了第三年，我终于给曲亮推荐到一个非常好的工作单位。这个工作怎么个好，这么说吧，若是让我重新选择就业的话，我会毫不犹豫地选这个工作。

我满心欢喜，是呀，也该给曲亮一个惊喜了。

火车在黑土地上越跑越快，我离曲亮越来越近。想到马上就要见到曲亮，帮助他改变前程命运的大事就要成真了，我的心情不禁激动起来。

这时，车厢似乎发生了什么，我听见身边的旅客相互议论着，有的旅客还站起来，向车厢中部瞧。我抬头望去，只见有个人，一只手举着精致的食品包装盒，另一只手指着车窗外，在大声说话。旁边有个小伙子，神情投入地拍摄着。拍摄的工具挺简单，一个三脚架，一部手机。噢，这是在直播。直播不算什么新鲜事，可是亲眼看见在火车上做直播，我还是第一次。

我也跟着站起来，瞧个新鲜。这时，主播把脸转过来，我大吃一惊，竟然是曲亮。可曲亮好像没有看见我，继续做着直播。

我迅速坐下，害怕在这个时候曲亮看见了我，影响他直播。

曲亮手指着车窗外的黑土地："大家知道吗？我国独一无二的黑土地在哪里？看！就在这里！你们看那黝黑的土地，抓起一把，几乎能捏出油来。在这里长出来的粮食，论口味，论营养，想不一流都难。说到这，我要告诉看我直播的朋友，你们有口福了！你们可以省去路费和时间，不费吹灰之力，就能吃到产自黑土地的油黑色的黏玉米、金黄色的黏豆包。这是我们最新推出的两款产品，刚投放到市场上，这人气就大爆炸了……"

哦，是黑土大地牌的黏玉米、黏豆包。我猛然想起，前几天过节，单位同事们争相推荐的，就是这个牌子的黏玉米、黏豆包。单位同事吃了都说好吃，下次还买，我也有同感。我还听同事议论，说这个黑土大地牌可了不得，是一个大学生回乡创业，为帮助乡亲们致富打造的农贸品牌。可我万万没想到，这个黑土大地牌的创造者竟是曲亮。

忽然听不到曲亮的说话声，可能是他的直播结束了。我试探着抬起头来，想看看是什么情况，没想到，曲亮已经走到我近前。我和曲亮的手紧紧握在一起，我俩的目光，相隔三年，又一次近距离地产生碰撞。这次，我没有管住我的眼泪，曲亮也没有管住他的眼泪。那天我们谈了很久很久，曲亮婉拒了我给他推荐的工作，我也终于明白了当年他义无反顾回到家乡的决心。

时间过得真快，一晃半年又过去了。那天，曲亮来省城参加黑土地经济研讨会，开完会就急着往回赶。我急忙赶到火车站，依旧是在火车站的站台上，依旧是在那趟驶向黑土地的火车旁边。

列车开动了，像是赛跑一样，载着曲亮又奔向了黑土地。

孤　岛

何君华

　　到了地方我们才知道，我们叫队长给骗了。队长说，还有最后一个哨所，最后一个边防连队，演完这场大家就能回家了。

　　我们乌兰牧骑慰问演出小分队出来巡回演出已经一个多月了，所有人早都已经疲惫不堪，听队长这么说，我们一下雀跃起来。去边防哨所的路程虽然漫长——听说有整整五十公里，但好歹有了盼头，大家脸上的倦容也都舒展开来，一路上有说有笑。

　　可到了地方我们才知道，这哪是什么哨所呀！总共只有三间屋子，面积不过四十平方米。最主要的是，这哪能称得上是边防连队啊！总共只有一个人，一个人！

　　我们不敢相信。这个世界上真有只有一个人的边防连队吗？我们队里最活泼的舞蹈演员那日松在屋里屋外到处找，发现这个哨所除了几只鸡以外，当真只有一个人，就是这位站在我们跟前的哨长呼日勒——一个体格健硕、脸庞黑黢黢的蒙古族汉子。他是这个哨所的哨长，也是这里唯一的哨兵。说白了，他是这个哨所的"光杆司令"。

　　呼日勒哨长已经提前接到了我们要来慰问演出的通知。我们的汽车离得还有几里地呢，就看见他站在土梁上冲我们拼命挥手。一下车，呼日勒哨长就激动地向我们敬礼，并跟我们一一握手，边握边说："我从没见过这么多人——不是，我从没见过我们哨所来这么多人！过年了，过年了！"

　　我们都很吃惊：目下正是盛夏，呼日勒哨长嘴里的"过年了"是什么意思呢？

　　原来，每年只有到了过年的时候，上面才会派人来哨所慰问。说是慰问，其实也就是三五个人来送慰问信和一些慰问物资，从来没有像我们慰问演出小分队一样，一下子扎进来十几个人——简直比过年还热闹！

我们问："你一个人在这里不寂寞吗？"

呼日勒哨长沉默了一会儿，说："能不寂寞吗？寂寞，我就养鸡。"

给哨所运送给养的卡车每七天左右才来一次。之所以用一个模糊的时间——"七天左右"，是因为一旦遇到极端天气，譬如暴风雪之类的，那就不一定能准时了。那样的话，边防哨所就成了茫茫雪原中的一座孤岛，但也不能断炊呀。人是铁，饭是钢！于是呼日勒哨长就想到了养鸡；养鸡就可以吃鸡蛋。呼日勒哨长说干就干，当真养起鸡来。刚才那日松在屋后发现的那几只鸡就是呼日勒哨长养的。一提到鸡，呼日勒哨长兴奋了："都说老鹰捉小鸡，你们听说过小鸡捉老鹰吗？在我们哨所，个个都是捉老鹰的鸡！"

"捉老鹰的鸡？"我们满脸狐疑。

原来呀，打小在这哨所长大的鸡们哪里知道老鹰是自己的天敌呢？别处的鸡一旦发觉老鹰在头顶盘旋躲都来不及，这里的鸡非但不躲避，竟然还敢于张开翅膀反击。老鹰哪见过胆敢反抗的鸡啊？有一次，一只老鹰俯冲而下，群鸡一跃而起，展翅伸爪迎击。老鹰一下慌了神，反而真的被鸡啄伤了。后来，几只鸡群起而上，当真把老鹰活活啄死了，你说是不是天下奇闻！

这可真是天下奇闻！我们都惊掉了下巴。说到这里，我忽然想起古人柳宗元《临江之麋》里"至死不悟"的麋来。我想，那只老鹰大概也是"至死不悟"自己如何会被鸡啄死吧。

"不过那都是以前了，"呼日勒哨长接着说，"现在，极端天气都有预警，因此在极端天气到来之前，上级就会安排将补给提前送来，断炊的可能性微乎其微了，但我仍然养鸡。寂寞的时候，我听见鸡们咯咯咯咯地叫，想到还有它们陪着我，我就不寂寞了。"

呼日勒说着就沉默了，我们也都沉默了。还是我们队长出来打了个圆场："呼日勒哨长（我们都这么称呼他，起初有些调侃的意思，此时此刻分明多了几分敬重），那我们开始演出吧！"

我们连忙站起身来，一个个挺胸抬头，清喉润嗓，纷纷认认真真地准备起来。我们的表情都很庄重。哨所前院空地上除了一杆国旗分明空无一物，但此时此刻这里仿佛一座极华丽的剧院。我们摩拳擦掌，准备为这一个人的边防连队奉献一场尽我们所能的精彩演出。

演出正式开始，我们队长亲自报幕。有人独舞，有人合唱，有人朗诵诗歌……大家都一丝不苟、聚精会神，没有人懈怠，跟以往我们在首府剧院演出时没有差别。最后一个节目，是我们的"台柱子"娜仁花唱《美丽的草原我的家》："美丽的草原我的家/风吹绿草遍地花/彩蝶纷飞百鸟儿唱/一湾碧水映晚霞/骏马好似彩云朵，牛羊好似珍珠撒……"

听着听着，呼日勒哨长流泪了，"全连官兵"也都流泪了，娜仁花也流泪了，我们也都流泪了。

尽管极不舍，但分别的时刻还是到了。我们的汽车开出好远，还看见呼日勒哨长站在土梁上冲我们挥手。

天色已晚，我们的汽车在美丽的草原公路上疾驰，回身望去，呼日勒哨长的身影渐渐变小，最后完全看不到了，只能隐隐约约看见一抹红色，一抹高高飘扬的红——呼日勒哨长正是为了守护它，一个人守在了那里。

会飞的牛

乔　桦

　　小浩是个七岁的男孩。小鼻子、小眼睛、小嘴，五官像一窝刚出蛋壳的鸟儿，亲密地聚拢在一起。他的长相自带喜感，谁见了都喜欢。

　　可毛毛老师不喜欢小浩。小浩思维活跃，总像个小尾巴似的黏着老师提问题。

　　春天，毛毛老师把同学们带到校园的湖畔，上综合实践课。

　　一棵粗壮的老榕树耷拉着长胡须，像一个老态龙钟的老人，静默在湖边。风儿吹过，树上的叶子打着旋儿，缤纷飘落。

　　毛毛老师问："同学们，你们看这些正在飘落的叶子像什么呀？"

　　"像蝴蝶。"

　　"像小鸟儿。"

　　……

　　小浩说："老师，为什么榕树春天也落叶？我老家的树可都是秋天才落叶哩！"

　　毛毛老师说："小浩，我是让你回答问题，没有让你提问哦！"

　　"可是——我老家的树真是秋天才落叶哩。"小浩嘟囔着，手不停地挠着头皮。

　　小浩家在东北农村，他刚刚转到南方这所小学。他到这里后，看到了很多新鲜事物。在他心里，榕树为什么春天也落叶，远比老师问的问题重要。

　　小浩上前拉着毛毛老师的手走到湖边，指着水面上漂浮着的一片叶子说："您看，这片叶子像小船；趴在叶子上的青蛙像我外公哩！"说完，就"咯咯"地笑起来。

哈哈哈，同学们也笑了。一片纯真的笑声像清澈的山泉水，一路喧哗而来，清脆悦耳。

杨小跳说："小浩，你外公是青蛙呀?"

"我外公是划船的，他在西河摆渡哩。"

"小浩，你讲讲你外公抓鱼呗!"

"小浩，你讲一下你老家的树呗!"

……

孩子们七嘴八舌，课堂乱成了一锅粥。

来自东北的小浩像移栽而来的外来物种，很受同学们欢迎。

"小浩，我们是在上课，你在扰乱课堂吗?"毛毛老师眉头拧成了一个绳疙瘩。她精心准备的上课内容，一下子就被小浩带偏了，她很气恼。

小浩吐了一下舌头，细瓷一样白净的小脸儿瞬间就变成了红萝卜。

小浩变了，课堂上不爱发言了，也不黏着老师问问题了，他从原来的碎嘴子变成了闷葫芦。

小浩读二年级时，米朵老师当上了小浩的班主任。米朵老师爱笑，一笑就露出整齐的牙齿，她的牙齿白得就像刚刚剥掉皮的杏仁儿。

米朵老师第一天上课，就注意到了小浩。小浩的头发黄而茂盛，像个茶壶盖，服服帖帖地扣在圆圆的小脑袋瓜上。米朵老师提问题，全班同学都争着举手，只有小浩低着头，一副无精打采的样子。

米朵老师提问小浩，他回答得很棒，米朵老师夸他聪明，还摸了摸他的额头。小浩的心中突然照进来一缕阳光，他喜欢上米朵老师了。

米朵老师告诉孩子们，平时要学会观察生活。她让大家说说，家里饲养的哪些动物会飞?

孩子们异口同声地回答："鸡会飞。"

琪琪说："老师，鸭子也会飞。"琪琪话音儿刚落下，同学们就哄堂大笑。

同学们平时都在城乡接合部的学校里上学，只有偶尔去乡下的时候，才能看到家禽。鸡会飞大家都见过，鸭子会飞，同学们都没见过，大家都觉得琪琪的话可笑。

小浩勇敢地站起来，大声说："琪琪说得没错，鸭子会飞，"停了一下，他又说，"大鹅也会飞!"

哈哈……教室里再次响起愉快的笑声。

小浩说："我家养鸭鹅，我每天把它们赶到河边，一甩鞭子，它们就飞着下河哩！"

米朵老师灵机一动，她把这个问题留作了家庭作业，要求同学们注意观察各自家里饲养的动物，把作文题目《会飞的……》补充完整，写一篇200字左右的作文。

一周后，作文交上来了。孩子们的作文题目多半都是《会飞的鸡/鸭/鹅》，只有小浩的作文题目是《会飞的牛》。米朵老师再次被小浩惊艳到了。她认真地阅读了小浩的作文。

小浩作文写道：

那晚月亮又大又圆，我起来 sā niào，一抬头，看到一头牛正在院子里慢慢上升，然后越过 qiáng 头向院外飞去，一会又落下去了。我叫 xǐng 外婆，我说："外婆，咱家的牛飞走了。"外婆骂我 hú 说八道，翻身又睡了。第二天早晨，我外婆家牛 juàn 里的牛没了，它在夜里飞走了。

米朵老师把小浩从班级里叫出来，和他聊了好长时间。

一周后，小浩外婆和外婆邻居家丢失的牛，都被警察找回来了。盗贼事先踩好点儿，选择在夜深人静时，翻墙进到院子里的牛棚，用粗大的棕绳把牛捆住，再用吊车把牛从院墙里吊出去，放到大卡车上运走。

米朵老师对"问题孩子"的关爱与尊重，让《会飞的牛》成为警察破案的钥匙。

许多年后，小浩成了一位知名教育家，他的第一部文集扉页上写着：教育是一场爱与被爱的修行。每一朵花儿，都隐藏着不同的花语；每一个孩子，都拥有着同一座天堂。

貂　丁

张　港

　　清朝时，兴安岭的索伦人不能种地，不会做工，更不经商，成年的索伦汉子每年得缴纳一定等级的貂皮，才能换回银子，才有衣食用物，故称貂丁。缴不上貂皮，只得穷着苦着饿着，为这死人的事也是有的。

　　一场大雪，压枝盖顶，白了兴安岭。时候到了，索伦人家张罗着进山捕貂拿皮子的事。

　　深山老林，杳无人迹，可是人间世道、德行操守不能更改半点，坏了这些，就不是猎人，连人都不是。

　　老萨热是捕貂拿皮子的高手，可是他病了，上不得山。他唤儿子大布库、小布库到跟前站直溜了，将山里规矩，一条一道，唠叨又唠叨。两个儿子应承了，各自背了两遍。老萨热挥挥手："那就，进山，拿皮子去吧！"

　　大布库、小布库带着犬，逆顶北风，向伊勒呼里山而去。这是捕貂的门道，如果顺风走，貂远远就嗅出人味，早窜远了。捕貂不能用箭，打坏了皮子，那是罪过；也不能下套子，貂气性大，被套上会挣坏皮毛。捕貂主要是靠索伦犬，索伦犬是捕貂专家，不会咬坏貂皮。

　　兄弟俩都在算计事儿。大布库算计，这回得了貂皮，带父亲上省城，找最好的郎中。小布库也在算计，这回得了貂皮，带父亲上省城，找最好的郎中。就为这，一定要捕到上等好貂。

　　他们走了一个月，发现了貂踪，新鲜的。看爪痕，是公的，身长，有力，好貂，好皮子。

　　一来二去，索伦犬将这貂撵上一棵孤立的大树。这树，与其他树枝不相连，貂上了这树，蹿不到别的树上。

索伦犬绕树狂吠。貂被吓得从这枝跳到那枝。但是，怎么折腾也只能在这一棵树上。

兄弟两个细看树上，真是好货色：通常的貂是紫色的，可这是头白貂，比普通的貂长出三寸，粗上一寸。这样的貂，是最高的等级。这样的貂，等于白亮亮的银子。

索伦犬对树蹲坐，兄弟二人在雪地上展开狍皮，盘上腿，喝酒，吃肉。

貂这东西，肠短胃小，不存食，饿得快。人在树下又吃又喝，引得貂饥饿难忍，少则三天，最多五天，貂饿得头晕，就得从树上下来。索伦犬冲上前，一口叼住，猎人将貂往牛皮袋子里一塞，小绳一扎，一切完事，银子就算到手。

兄弟两个谈天说地，时不时瞭望树上。

怪了耶！枝上那雄貂，依然眼光有神，跳动敏捷，并没蔫巴疲倦。二人故意把肉烤得香味四溢，故意扔个满地，就为让树上的饿貂闻着难受。

这时，有几只灰鼠过来捡便宜。索伦犬一心在貂，对灰鼠子这种小角色并不搭理。兄弟两个觉得有趣：灰鼠以松子为食，却原来也吃肉。小东西越吃，树上那家伙越馋，这是好事。

五天过去了，树上的貂依然精气十足，一点儿倦意没有。兄弟二人想，这也是好事，体力越好就越是好貂。

可是，不对了，都八天了，树上那家伙仍然眼睛闪亮，活力十足。二人细细看，原来它在吃东西！光光的树上怎么会有可吃的东西？

猎人眼力都好，他们看出来了，貂在吃肉，吃与自己吃的一样的烤肉。看明白了，是小灰鼠子将地上的肉叼给树上的貂。二人大为光火，对索伦犬下了命令，将灰鼠子撵得远远的。

又过了五天，树上的貂终于垂下脑袋，伏在枝子上。又过了一天，白貂缓缓向下移动。大布库将一块香肉摆在树根，在貂接近肉的分寸间，索伦犬猛地冲上去，一口把它叼住。兄弟俩将貂塞进牛皮袋子，扔进些好肉，得胜而归。

回到家中，老萨热问："怎么用了这么多天？"

两兄弟你争我抢，眉飞色舞，大讲灰鼠送肉的事。

老萨热一愣一惊，哆嗦上了："你们，你们，你们敢坏了规矩！这可是义貂！灰鼠冬天住树洞，遇上最冷的年份，有可能冻死。最冷时，貂就将冻僵的灰鼠叼进自己窝里，用身体暖灰鼠子。貂对灰鼠有救命之恩，灰鼠为了报恩才救貂的。这是义貂。这样的貂，你们也敢捕！这个规矩，你们也敢破！"

"这，这，这可是最好的皮子。"

啪啪，一人挨了一个大嘴巴。

"快快，痛快给我背回山上，哪儿得的哪儿放了！"

熬了一冬，熬到开春，兄弟俩跪过父亲，吃兵粮去了。

送

凤　凰

　　女孩上初中了。女孩家离学校有五六里小路，母亲让女孩住校，女孩却不肯住校。女孩不住校不是因为家里没钱住校，而是因为她不喜欢学校的宿舍，也不喜欢学校的饭菜。

　　每天早上，母亲很早就起床为女孩做饭。女孩也很早就起床，她吃了饭，就背着书包出门。上小学的时候，女孩和别的孩子一起去学校，但是现在女孩上初中了，村里上初中的孩子都住校了，女孩只能一个人背着书包去学校。女孩走得很快，她担心迟到。

　　每天，女孩都会路过一片树林。树林里黑漆漆的，阴森恐怖。每个早上女孩经过树林的时候，都会跑得飞快。跑出树林后，她一身热汗，气喘吁吁。

　　有一天，女孩背着书包出门的时候，母亲随即跟着她出门，然后锁上了门。女孩问母亲这么早去哪里，母亲说去上街。女孩笑了。母亲跟她同路，她不用怕了。女孩走得快，母亲走得慢。女孩走走，停下来，看着母亲快步赶上来。母亲赶上女孩，喘着粗气，女孩见了母亲的样子，不敢再走快了。

　　那天，女孩经过树林的时候，因为有母亲，她没有跑，她一点也不紧张。那天，女孩担心迟到，可她没有迟到。女孩想要是每天母亲都能陪她一起上街就好了。女孩知道，这是奢望。

　　然而，出乎意料的是，第二天，女孩出门的时候，母亲又跟着她出了门。女孩问母亲去哪里，母亲依然跟她说去上街。女孩问母亲上街干什么，母亲说没啥事，在家也是闲着，上街图个热闹。女孩笑了，在前面蹦蹦跳跳地走。母亲在后面看着女孩的样子，笑着紧跟女孩的脚步。

第三天，第四天……女孩每天早上出门的时候，母亲都跟着她出门，母亲总是告诉她上街去图个热闹。街上人来人往，有百货，有乞丐，有杂耍……每天都热闹着呢！村里的人没事的时候，都爱去街上看热闹打发日子。

那天夜里，下了雨，不大不小的雨，一早起来，雨停了，但路面却湿湿的。女孩想母亲这天不会上街了。可是当她出门的时候，母亲也跟着出了门。这天的路面很滑，女孩走得很慢，母亲也走得很慢。后来，女孩担心迟到，加快了脚步，母亲也就加快了脚步。突然，母亲摔了一跤。母亲痛得"哎哟"一声，女孩吓了一跳，赶紧上前扶起母亲，问母亲怎么样了。母亲说没事，没事。母亲再走路的时候，一瘸一拐。女孩让她别上街了，母亲却说没事。女孩继续向前走，但母亲却再也赶不上她了。女孩停下来等母亲，母亲让她先走。女孩只好先走了。

第二天早上，女孩出门的时候，母亲又要跟着出门。母亲昨天摔的伤还没好，走路还是一瘸一拐，哪能再上街？女孩已经知道，母亲每天都上街，其实并不是图街上热闹，而是为了送她去上学。女孩说妈，你别送我，我不怕！我又不是小孩子！母亲一愣，说你走吧，走吧！母亲站在门口向女孩挥手。

女孩向母亲挥挥手，快步向前走去。女孩走了一段路，她回头，却看到了母亲。女孩停下来，她说你怎么来了？母亲说我不看着你，我不放心！那天早上，母亲坚持将女孩送出树林才转身回家。

女孩一个人向前走，她想着这些日子母亲天天送她去学校，后悔自己没有住校。她还想，要是父亲没去打工，他在家就让他送。

以后的日子里，母亲依然天天送女孩去学校。

第二学期，女孩住校了，她实在不忍心母亲每天送她去上学。

后来，女孩上高中，上大学，毕业，工作，恋爱。女孩成了城里人。女孩过着光鲜的日子。

那天，母亲来女孩家。母亲住了一夜，第二天一早，母亲就要回家。母亲走的时候，女孩给母亲两百元钱，母亲不肯要，说城里什么都要钱买，她不容易。然后，母亲就开门走了。

母亲走了很久后，女孩也出了门。女孩走着走着，她看到了母亲，母亲走的方向，不是去车站的方向。女孩上前跟母亲打招呼，妈，你怎么在这儿？母亲说她逛逛，马上就去坐车回家。女孩说要不你别回去了，逛逛再去我家吃饭。母亲说不用了，说家里的牲口离不开她。然后，母亲向前走了。

女孩在街上逛了一会儿，买了菜，然后回家。没想到，她又看到了母亲，母亲看到她就笑了，母亲说瞧，我又逛到这儿来了！女孩说你看时候不早了，还是下午再回吧！母亲摇摇头，问她有空没有，她问母亲有什么事，母亲说她找不到去车站的路。女孩这才想起，母亲对城里一点也不熟，她迷路了。

女孩送母亲去车站，女孩问母亲找不到路怎么不问别人，母亲说问了，可她还是走错了。走了一段路，母亲说她知道该怎么走了，让女孩回去。女孩却不，她一直把母亲送到车站。

女孩将母亲送上车，替母亲买好车票。突然，女孩看到母亲眼里涌出了泪水，她连忙问母亲怎么了，母亲说，孩子，你也知道送我回家了啊！那一刻，女孩的眼里也涌出了泪水。

发　灯

徐玉虎

　　陕西东府有个民俗，孩子虚岁十三那年春节玩灯，正月十五晚上，村里人挨家挨户给玩灯的孩子发灯。

　　当主人家大门两边的大红灯笼亮起后，村里人就三三两两进门，给孩子发灯。发完灯，主人满怀热情，倒茶递烟，然后端出几个凉菜和热菜，倒上酒，招呼大家。关系好的多坐一会，划拳喝酒；关系一般的吃几口菜，喝几杯酒，说还要去另一家呢，起身离开。

　　这天晚上，别人家都热热闹闹，大明家却一片寂静。媳妇春桃天没黑就在厨房忙碌，准备了六凉菜六热菜。大明早已烧旺炉子，准备了好烟好酒，只等着招待发灯的人。

　　可是，大明家即使来了人，给娃发完灯，一看没有同伴，半杯茶没喝完，就起身说，还得去下一家。

　　大明经常雇佣来装车的新满来了，大明说："你不要走了，等会来人了，你陪大家喝酒，一醉方休。"

　　新满等了好长时间，见没人来，就说："老板，我还得去下一家呢。"说完，摸了根桌上的烟，起身离开。大明气愤得想大声骂一句，喉结动了动，忍住了。

　　大明坐立不安，烟一根接着一根地抽，客厅里呛得刺眼。春桃说："你把烟少抽些。"大明正想发作，忽然，听到"砰砰"的烟花声，这声响，像一只爪子，揪着大明的心向上提着。这是别人家发完灯后，最后一个仪式。

　　大明一直想着大家不来他家的原因。这几年，大明当瓜果代办发了家。春桃凭着家底殷实，说话口满，动不动就得罪人。特别是有人想借点钱时，还没开口，春桃就说得比借钱人还艰难。

大明家有辆三轮车，农忙时，谁想借用拉点麦子或苞谷，春桃起初脸色不好，最后勉强答应了，还叮咛着说，油不多了。时间久了，村里人眼看着大明家的车停在门口，也不愿开口。

去年麦种下后，村上要扩村道，修下水道。大明家有一棵老槐树长在下水道上。村干部多次上门找大明谈，大明执拗地说："扩村道行，槐树是我爷栽的，不能动。"无奈，在挖下水道时，工队只好避开大明家门口。

拓宽工程启动后，村书记亲自到大明家，大明还是执拗地不答应。

春桃在一边插话说："谁敢动我家槐树，我死给他看。"春桃知道，书记结婚十几年没有孩子，最后又不解恨地说："谁动我家的树，我让他断子绝孙。"春桃把"断子绝孙"四个字咬得很重。

这句话像一根毒针，刺进了书记的心。书记气得两手发抖，想发作，但最后猛吸了几口烟，从鼻子里喷出来，说："你们好好考虑一下，想通了，今天晚上到我家说一声，大明哥。不然，我只好申报乡政府强制执行了。"

第二天，书记通过上级对大明家进行强制执行。那天下午，刮着大风，天阴沉沉的快要下雨。村道里围满了看热闹的人。

一位副乡长把手一挥，高大的吊车，伸出长长的臂。这时，只见春桃猛地扑到槐树下，抱住槐树说："谁今天要想把树动一下，就先把我弄死。"几个干警走过去，费尽口舌才把春桃劝离了现场。大明黑着脸，坐在凳子上，一根一根地抽着闷烟。

大明想到这里，肠子都悔青了。他在心里说："不该呀，丢了脸，还得罪了人。"

这时，九点的闹钟当当地响起来，大明心里更加失落。春桃领着儿子从门外进来说："估计不来人了，咱们……"大明黑着脸，烦躁地指着桌子说："去，把菜端走，都是你平时惹的事。"

春桃正要争辩，这时，几个村干部走了进来，带头的是书记。

书记看着正要端菜的春桃，笑着说："嫂子，怎么？不想让我吃你的好菜？哎，今年玩灯的娃多，我们最后专门到你家喝酒呢。"

大明红着脸说："喝，喝，欢迎呀，求之不得，求之不得。"

书记走到方桌前，拿起一根红蜡烛，对着一边燃烧的蜡烛点燃，然后把蜡烛的根部烧化，粘在桌子上。其他干部也围上来，给孩子发灯。

顿时，屋子里一片通红。书记从衣兜里掏出一个红包，塞给大明的孩子说："祝你学有所成，前途似锦。"大明看到后，激动得不知说什么好。

春桃把颤抖的手往围裙上一抹说："大家先吃凉菜，我马上给炒热菜。"

大明倒满几杯酒，大家的杯子碰到了一起。书记说："大家喝好，今天是春节的最后一天。"

很晚的时候，大明家的大门口响起了巨大的烟花声。

过年后，乡政府的微信平台发了一篇消息：题目是《王大明捐资一万元，为桥广村美化村道》。

万春居

赵长春

如果没有赵彦军，滹沱河村的药铺可能就不存在了。

几十年了，赵彦军好往药铺转，来时总拎着一瓶酒，起码二三两。药铺前的那把长凳，油亮，是他的专座。他来了，一脚着地，一脚趷于凳面，胳膊肘支膝盖，就瓶嘴吱儿一口。无论啥酒，他品起来都很香，很甜，很惬意。每天都是如此。

这时，人们对他都要打声招呼，"九哥来了。"这些人们，多是在他之前来到药铺的，呼吸着药草的香，沁人心脾。

赵彦军，行九，好酒。酒过二两，豪爽劲儿上来，不拘大小，喜欢被称哥。九哥。酒哥。在袁店河，九，酒，一个音，听不出来差别。

这一称呼，也几十年了。称呼他的人，有的已经走了。这些人，喜欢到药铺来，喜欢看他喝酒，诊疗，听他谈天说地。

论及每天必喝的酒，赵彦军说，酒好。活血、化瘀、行气，百药之引。"也就是说，酒可以作为各种药的引子，或者是辅药。"

赵彦军在此之前就是药铺的坐诊大夫。那时候，他带着另外两三名"赤脚医生"，在袁店河上下奔走。村里的人基本上不去县城看病，除非是一些大的毛病。赵彦军呢，能治儿科、妇科、骨科，是多科的医者，特别是正骨复位。包括牛羊等牲口的毛病，搭眼一瞅，一上手，立马见效。

含一口酒，反复地漱口后，吐掉；再含一口酒，绷紧嘴唇，仰天，闭目，等一会儿，让酒有了舌尖的温度。突然，眼一睁，对着患处喷出，很有力道。后来，人们说这是赵彦军运用丹田之气助酒力，先对患处来一个熨帖，然后再用上自己的掌力、指法，轻巧间手到病除。

所以，赵彦军治病离不开酒。

所以，人们来看病总带上酒，哪怕很劣质的酒，村口供销社一毛、两毛的红薯干儿酒也可以。

所以，药铺里不缺酒，大瓶、小瓶、罐头瓶，还有粗瓷的碗，端着过来都可以。也有不带酒的，赵彦军照样给治病。用过后的余酒，不论多少，就搁在医案上，绝不带回家。

赵彦军看好酒。他说，酒本是粮食精华，来自五谷。"无药不成曲"。做酒的曲，含有多种草，草为药。所以，酒有药理，富含药力：消毒、去腐、止痒、散热、止痛、止血、舒筋活血。膏、丹、丸、散等成药，用酒送服更见效。焙、炙、炒、浸制一些药，用酒更好。疫情时，赵彦军散尽了他所存的各色的酒，"一人饮，一家无疫；一家饮，一里无疫。"——药王孙思邈写在《千金方》里的话。他说："老理，自有道理。"不过，酒喝完，瓶得送还。

闲来之余，赵彦军翻药书、古本。传下来的老药书，很有年头儿了，竖排，毛笔书写的蝇头小楷，他看得津津有味。他指着《本草纲目》中酒能"行药势，通血脉，润皮肤，散湿气，除风下气"一段话说："我没有瞎说吧？关键是得酒好，真正的粮食酒。"

就这样，赵彦军在药铺坐诊几十年。可是，后来上面说他没有行医资格证，不能再坐诊了。坐诊的是妇联主任的儿子，在县卫生学校进修三个月，发了一个红皮本儿回来了。比较起来，他开的药方贵，疗效不佳。于是，人们还找赵彦军，找到他家里。他的院子里，墙上、树下，满是花花草草，干干湿湿。他也不推辞，酒漱口，嚼吧一绺草，糊到红肿处，比那人开的一堆药片消炎、祛毒快，彻底。

如此，去药铺的人就少了。那人很会来事，晚上带瓶酒去赵彦军家，邀请他"来药铺玩儿"。赵彦军就去，隔案指点着药柜的几样草药，让人家带回去。那人呢，一边记，一边抓药。上头来检查的时候，赵彦军事先避开。有时碰巧遇上，他就举着酒瓶，一副醉醺醺的样子："我来玩儿的。老了，啥也不会干了……"

确实，大半辈子治病的赵彦军，别的什么也不会干了。不忙的时候，他就说天南海北的旧闻、新闻、传闻。说者高兴，听者开心。他说，这些都是自己从书上看来的，从报上读来的，从广播上听来的。每当他这么一聊，人们哈哈大笑，心情舒展多了。来的人越来越多，包括四外庄的。他就熬时令的茶。春天"三根"汤；夏天柳叶子、蒲公英茶；秋天红枣茶；冬天黄酒姜茶。他说，人有火力，才有活力。晒在药铺门前的太阳地里，喝着时令的茶，嗑着南瓜子，说着东西南北事，哈哈一笑，少烦恼。他说，别吃葵花籽，要吃南瓜子。南瓜子好，也是药。

就着卤煮的南瓜子，喝酒。有些人与儿女生气，赵彦军就劝人家喝一两口："喝吧，喝了不上头也不上脚。不喝，伤（上）心，闷着难受。不好。"人家捂着腮帮子，说"牙疼"。他瓶子一举，眼睛一瞪："喝酒进肚，碍牙啥事儿?!"

哈哈！哈哈哈！药铺内外就又响起来一阵笑声，随酒香荡漾。

赵彦军说，这叫"笑疗"。他的意思是，现在不愁吃喝，出力活儿又不多，别整天在家闲操心、等着死，得有趣地去活才对。

想一想，也是。就又扯东扯西，说着这样那样的笑话。

笑罢。一阵沉默后，赵彦军总挠头："草药、推拿，是老祖宗传下的好东西，得有人学下去啊！"

这是赵彦军头疼的事儿。他这一把好手艺，他肚子里的货，村里的年轻人不喜欢，他怕没有人传下去……

对了，要是有兴趣去袁店河找赵彦军，他不在药铺的话，您就打听他的家，门额为"万春居"。

春，酒的通名。这么多年了，赵彦军用积攒下来的各种各样的酒瓶，建了个收藏馆。

路引子

奚同发

　　大火燃起时，黄春明首先想到女儿欣欣，可是前后左右都没有找到她。忙着为父亲治丧的这几天，虽然眼红、身虚、脚飘，黄春明还是哑着嗓子立刻大声呼叫女儿的名字。此时，他才意识到，似乎半天都没见着女儿的影子。

　　父亲过世，对于黄春明来说很心痛，且有些恍惚，显得那么不真实。在公司，他主抓的项目到了关键时刻，连日来没日没夜地加班。父亲就他一个儿子，却没能在最后时刻再见一面，他遗憾、悔恨，而父亲会是怎样的心情？此时，作为一家单位主管的妻子，正赶着上级来检查工作，脱不开身，他只能自己带着女儿返乡。

　　好在，老家还有亲戚，各种流程，他们熟悉。把钱给了管事的叔伯，就由他们安排。跪在灵堂里，时不时向来烧纸的左邻右舍、亲朋好友磕头回礼的间歇，他很是愧疚。

　　许多人，他都不认识了。从上学离家（其实可以从初中算起），而后在城里工作，一晃二十多年过去了，人是一茬一茬的。村里的人，邻村的人，乡里的人，没有谁沾过他一星半点光。他们或是坐车路过时联系他，正忙的他会谎称自己去外地出差了，避而不见。还有两次，他们的孩子毕业找工作，他自然没有这个能力相助，接了第一次电话，就不敢再接了。

　　他还一再给父亲强调，不可应承乡亲的任何要求。电话那头的老人只能一声一声答应："记下了，记下了……"

　　如今，乡邻八亲念着父亲生前的好，纷纷前来帮衬，让他很是难过。他们没有因为他之前的慢待而计较。

　　此时，听说村头麦场的麦秸垛着了火，他更是心急如焚。不久，便有谁家儿媳挺着大肚子跑来，说是欣欣放的火，她还在现场阻挠大家救火，朝救火的人身上扔土疙瘩。黄春明的头"轰"的一下，便不顾一切夺门而去。

空气中弥漫着烧焦的气味儿，浓烟隔了很远都能望到。

待他站在麦场边，眼前早已是一片火海。之前，眼瞅火势，大家又跳又喊，还各自找家伙浇水扑火，但很快都傻在那儿，知道没啥用了，只能任由火势蔓延……

终于在人群里找见女儿，正被两个大人各抓住一只小胳膊。大人的脸色那叫一个难看，就不用说了。欣欣也成了大花脸，灰色、黑混合被泪水冲得五麻六道。

"火，是咋回事？"他吼着问。

女儿"扑哧"一笑，道："是我放的，爸……"

孩子的话还没说完，他便一脚踹上去。

欣欣"哇"一声哭起来。没有人劝，他的巴掌跟着落在孩子的小脸上。显然，欣欣被打蒙了，哭声突然中止，躺在地上，瞪着两眼。他提起孩子翻了个身，朝着她屁股又是两巴掌，这孩子晕得也不知道躲闪。一时间，他不知道是继续打还是住手。

刚才的一脚一掌，是火冒三丈的冲动，不问青红皂白就上手，于女儿还是第一次。如果再打，又心疼，怕把孩子打坏了。

多亏此刻有人抓住他的胳膊，他顺势装作要挣脱，终是在拉扯中停了下来，狠狠地喊道："等这事完了再说。"目的是让更多人看见和听到。

垛子虽然被烧光，万幸没有引起其他火灾。冬日，无风！否则借势蔓延，周边的树再燃起，后果不堪设想。

望着村民们那一张张被熏得黑一道灰一道的脸，他大喊："乡亲们，对不住了！我一定给大家赔偿。孩子小，不懂事。我这边先给大家赔个罪。"说完，他拉着女儿一跪到地……

随后，跟叔伯商议计算了每垛的价钱，他脱下孝服急急往县城取了钱，回来一家一家给送去。按风俗，丧事期间不能进别人家，谁家婉拒，他就带着女儿跪在门前直到对方收了钱为止。

父亲入土为安！最后一宴答谢完毕！他松了一口气，全身都软下来。

次日离家前，他提了行李出来，望着大门，突然不知所措。以前，都是父亲把他送到门外千叮咛万嘱咐，这次家里没人了，而且再也不会有人了。泪"哗"一下流得满面。欣欣懂事地找到锁，怯怯地递给他，脸上被打的青紫若隐若现。拿着锁，他很是陌生，这个家的门，他几十年都没有锁过。如果不是欣欣的小手扯着他的衣角，他几乎"呜呜"得停不下来。

一步三回头，出了门，再锁了大院门。坐进车里，启动，开车，倒回，如此在门前往复三次。没有再跟邻里告别，任由车子在村路上慢慢走着，两边成行的树纷纷后退，泪时不时模糊双眼。脑海中浮现的是以往，甚至少年时光……

欣欣突然开口："爸爸，你不用太伤心。爷爷没有走远。有路引子，他准是早回家了。"

他疑惑地望着女儿，听她说："爷爷给我讲过，人死了，如果家里的火光足够明亮，就会被当作路引子的火光带着回家，灵魂会回来跟家人永远在一起。"

黄春明踩下一脚刹车，盯着女儿天真的眼睛，才想起来，这么小的孩子点燃那么多麦垛，要费多大的气力，要冒多大的危险。他紧紧地把孩子拥进怀里……

隔着他的肩头，欣欣瞧见一个老人慢慢经过车前，身后跟着一条狗，朝着与他们相反的方向走去，不久，便消失得没了踪影。

村口一片阒静，恍如隔世。

奇妙的镜子

华庭散人

护士艾米在记录病房里各个患者的身体状况时，一名年轻的病人引起了她的注意。

患者名叫杰森，得了尿毒症，还不到30岁，但求生意志薄弱。他独来独往，时常望着窗外喃喃自语："就这样结束也不错，就可以见到他们了。"

他们是谁？艾米觉得杰森有点眼熟，态度消极，想请杰森的亲人来鼓励他战胜病魔，可杰森说，他没有亲人。艾米又问："那你的好友呢？"杰森又淡漠地表示，基本没有联系了，不愿麻烦他人。

艾米没有放弃，她想了许久，总算想起来了。几年前，她曾在朋友哈迪举办的派对上，跟杰森有过一面之缘。哈迪是艾米唯一认识的杰森的朋友，她只能联系哈迪，恳请哈迪宽慰杰森。

说起来挺有意思，哈迪和杰森的父亲是同行业的竞争对手，他们的孩子却成了好朋友。不过话又说回来，两位父辈表面上是竞争对手，实质上，哈迪的父亲根本不是杰森父亲的对手。两人同为镜子制造商，但杰森家生产的产品质量完胜哈迪家的镜子。

尽管许久未见，但哈迪听说杰森的病情后，还是立刻就来了。可他说了半天也说服不了杰森，杰森依旧意志消沉。

哈迪和艾米正着急，忽然，艾米的左眼感到不适，下意识地掏出一面小镜子，看看是不是眼睫毛掉进眼睛里了。哈迪看着艾米照镜子的样子，突然有了主意。

次日，哈迪扛着一面全身镜来到病房，跟杰森进行了一次详谈。当哈迪走出病房时，杰森的眼睛红红的，却从此对生命燃起了热情。艾米觉得不可思议，好奇镜子的秘密。哈迪神秘一笑，笑而不语。

艾米每天看着杰森不时地摩挲着哈迪送的全身镜，越发好奇，但她左看右看都不觉得镜子有何稀奇。

渐渐地，杰森跟艾米熟络起来了，他主动把全身镜的秘密告诉了艾米。

杰森大学毕业后去了外地上班，甚少回家。一日，杰森的父亲看到哈迪，询问杰森的近况。哈迪说："杰森一切都好，我去过他住的出租房，什么都不缺，就是少了一面全身镜。"杰森的父亲便亲自做了这面独一无二的全身镜，哈迪自告奋勇，答应帮忙转交给杰森。

哈迪开车走后，却陷入了忙碌的工作，本想着过段时间再将镜子送去给杰森。结果忙完工作后，他又忘记这件事了。后来，杰森的父母及妹妹因海难去世，杰森伤心欲绝，逐渐跟朋友们断了联系。那面镜子就一直留在了哈迪家里。

艾米恍然大悟，原来杰森之前自言自语时提到的"他们"，指的就是他的父母和妹妹。但她不明白，这面全身镜看起来与普通镜子无异，为何说它独一无二？

杰森自豪地说："我爸爸是家乡出色的镜子制造商，这面镜子里使用了凹凸镜原理，在距离镜子一米外打开打火机，可在镜中显示出三个明亮的火头。"三个小火苗代表父母和妹妹，不管杰森离家多远，他们永远陪着他。此外，这面镜子还有一个特别之处，当人在照镜子时，无论走得多远多近，都能从镜子里看到自己完整的双脚。父亲希望杰森在自己的人生道路上一直前行，时时刻刻都能看清自己的脚步，切勿误入歧途。

艾米听罢，由衷地感叹："的确是面独一无二的镜子啊！"

就是靠着父亲打造的镜子，杰森与尿毒症顽强地对抗了两年。透析、感染、气管切除、被推进 ICU 等，杰森多次挣扎在生死边缘，终于撑到了有合适的肾源。

换肾手术持续了 6 个小时，当医生告诉哈迪和艾米手术成功时，他们高兴地拥抱彼此，感谢彼此。

艾米激动地对哈迪说："感谢你，感谢杰森父亲的镜子。杰森早就把镜子的秘密告诉我啦！"

怎料，哈迪轻轻一笑："其实，那是我为了鼓励杰森而编造的故事。"

艾米惊讶地张大了嘴巴。

事实上，那面特别的全身镜出自哈迪父亲之手！

在过去的许多年里，哈迪的父亲一直是杰森父亲的手下败将。为此，哈迪父亲一度想放弃做镜子。直至有一天，他误打误撞做出了这面特殊的镜子。孝顺的哈迪就以此鼓励父亲："爸爸，你有一颗富有创意的灵魂，不要放弃。"父亲深受鼓舞，哪怕他无法再做出同样的一面镜子。从那以后，他另辟蹊径，凭借各类创意造型，在行业内站稳了脚跟。

艾米深受震撼，一再感慨："真没想到，一面镜子能照出这么多内容，真是一面奇妙的镜子！"

树上的老鹰

杨帮立

　　白露河的老庄台上，长着一棵大树，在蓝天白云间，如一团绿云。树上住着两只鹰。巢穴建在重重叠叠的枝叶间，从地面上看不见，从观测鸟的飞行器摄像头里也看不见。两只鹰敛翅落进树冠，就像遥远的模糊不清的大风筝。

　　以老人的视力，这都符合逻辑。

　　而鹰从高空俯视老人，老人脊背向前弯曲，几乎与地面平行，拐杖前行，支撑点稳固了，开始移动右腿，受伤的左脚是贴着地面被拉动前移的。

　　鹰还能看到老人养了一群鸡，一群生活安逸的鸡。在白露河滩地落羽杉林里，那一群鸡，飞起逐虫、歪脖啄草，低头食虫、伸头饮水。吃饱喝足了，毛色金黄的母鸡来到一个周边"镶"着绿草杂花的树坑里，欢快地洗着阳光沙土浴；那只火炬般的公鸡，飞到躺下的树枝上，东瞧瞧西望望，给那一群母鸡站岗放哨。有一只母鸡摇摆着朝它走来，"咯咯哒"一声，公鸡应声展翅下来。

　　傍晚，一群鸡浩浩荡荡地往老庄台走去，鹰在高空里一个一个地数着。夜晚，鹰也能看得清。白露河畔的鸡，是没有鸡棚鸡圈的，它们是一群会飞的鸡。老人院落的西南角有一棵碗口粗的弯枣树，鸡飞上去，在那过夜。鹰和鸡，隔着风、隔着雨、隔着露、隔着月色、隔着星光、隔着花香，一高一低相对而眠。

　　在这个院落里，有过一个关于土鸡蛋和洋鸡蛋营养成分的争论。

　　女儿：妈，别养那么多鸡了，养了你也舍不得吃，丢了一只，你又得难过几天。

妈妈：你、你儿子、你孙子，不都是吃我养的鸡下的蛋长大的吗？你儿媳妇又怀孕了，鸡蛋，我正给她攒着呢。

女儿：专家说洋鸡蛋和土鸡蛋营养是一样的。

妈妈：那不一样。我这鸡蛋，都能孵出小鸡，养鸡场里的鸡蛋能孵出小鸡吗？

白露河的民谣：期思鸡，真能干，一天两个"恐龙蛋"。

老人家那只一天下两颗蛋的鸡，丢了。每天吃晌饭的时候，那只公鸡会护送着它从大河滩来家下蛋，公鸡昂首挺胸，母鸡左摇右晃。今天，没回来，老人有了不祥的预感。"也该歇歇窝了呢。"老人安慰自己。太阳还留有半个在白露河里，鸡群排着一字长蛇阵进院了，果然，那只下蛋的鸡，没回来。

老人心里郁闷就没做晚饭，坐在门前的石碾上，仰头看着对面那棵大树。有一只鹰，披着晚霞射入绿云不见了，绿云里传出"叽叽喳喳"欢快的叫声。

"树上的老鹰，你们给我听好了，兔子不吃窝边草，老鹰不叼门前鸡。你们繁衍后代也不容易，这次，就算了，要是再有下次，我……"老人语塞了，她想不出办法来对付高空中的老鹰。她想说干坏事要遭雷劈，又感觉有点残酷，她自己也接受不了，就没喊出口。

半夜里，大树四周同时响起刺穿耳膜的声音，亮起冲天的白光。那声音、白光，从远到近，向大树包抄过来。老人听到声音，慢腾腾地下了床，打开门，一道道白光，在黑乎乎的树冠间晃动。树干上，有一个人往上爬，他的双脚一定踩着爬电线杆的踏板，不然，他不会爬得这样又快又稳。

活到这个岁数，老人想明白了，这群人在捕捉鹰。扬声器播放的声音扰乱鹰的听觉，矿灯的光柱扰乱鹰的视觉，让它意乱神迷趴在巢穴里，没有了眼睛、没有了耳朵、没有了翅膀、没有了钩爪锯牙——这帮人，想把这家鹰一锅端啊。

"这帮遭雷劈的!"老人终于把这句话骂了出来。

老人拉亮院子里的灯，伸手去摸屋檐下的按钮，够不着，她举起拐杖，颤巍巍地将一个电闸拉了下来，门前的大喇叭瞬间响起威严的女声："这儿是湿地自然保护区，人类与野生动物共存亡……生命无价，谁捕杀，

066

谁犯法，先罚款，后坐牢，殃及子孙，祸事多……"

第二天，那树坑里的鸡又"咯咯哒"往宅子上惊飞。老人心痛："这不识好歹的鹰啊！"女儿进了门："难得一见啊，老鹰从鸡群里把一只黄鼠狼抓上天了……"

12 岁那年离家出走

王平平

12 岁那年，我像一只孤雁，心里总想着离家出走。

在家里，我是老四，橘子老五，桃子老六。但我们不是一家人，都是家里最小的女孩子。有时挨了父母的训，受了姐姐的气，憋在心里无处诉；再加上同学们常嘲笑我们，慢慢就形成了心结。

终于有一天，我按捺不住怒火，对她们说："咱们离家出走吧！"

橘子挎着我的胳膊问："你说咱去哪里？"

我想都没想，回答："少林寺。"

那时，李连杰演的《少林寺》正火。

桃子抹着红肿的眼睛说："走就走，我早就受够了。"

来到柳树下，我以手代笔画着行走路线。

"这是河南，这是河北，河南、河北隔着一条河。"

橘子问："是不是村南那条河？"

桃子说："不是，我去过，南边是一片庄稼地。"

我打断她们的话："少林寺在河南登封，我们要走很远的路。"

"还要带钱和衣裳吧？"

我皱了下眉说："当然，千万不能让家里人知道。"

"行，我们谁也不告诉。"

我们开始凑钱，橘子去拾酒瓶子，桃子去捡钩针，我去卖旧书。大家凑到一块数了数，才十块钱。橘子三块钱，桃子两块钱，我最多，五块钱。我们不知道怎么去河南，只能从地理书上找河南的地图。

为了不让家人找到我们，我们还改了名字，我叫清萍，橘子叫清霞，桃子叫清凤。我们怕忘了，把名字分别写在手腕上。

有了这个小秘密，我们比亲姐妹还亲。

橘子刚噘着嘴巴告诉我，她妈嫌她不干活，打了她一顿，说着，还露出红色的伤痕让我看。哎，还真打啊！这到底是不是亲娘呀？我对她表示深切的同情。

橘子一脸痛苦地说："我怀疑我是捡来的。"

我也突然想起，娘好像也说过，我是从粪堆上捡来的。

桃子低垂着头，长长的睫毛被露珠打湿了。一团乌云般的秀发披散下来，粉白的瓜子脸，微微皱起眉。桃子这么漂亮，家里人却那么丑。这个发现，让我们确定无疑，她也是捡来的。

这样一想，更坚定了我们要走的理由。

我们选好日子，在村前的大槐树下碰头。

橘子穿上她姐的那件新衣裳，桃子背着鼓鼓囊囊的布书包，我呢，怀里揣着一把刀子。我们三个人，你看看我，我看看你，都笑了。

此时，我们很神气，像三位行走江湖的女侠。

我们沿着一条林荫大道，一路向南，高兴地唱起了歌。

才走了十几里路，汗水就湿透了后背，我们连气也喘不上来了。

兴奋消退之后，疲惫如潮水般涌来。

"苹果，咱们还是坐汽车吧！"桔子的脸通红，像只火鸡。

"你忘了，我叫清萍。"我白了她一眼。

"清萍，我走不动了。"橘子赌气一屁股坐在地上，不走了。

桃子埋怨道："要走的是你，不想走的也是你。不管她，我们走。"

"连这点苦都受不了，还当什么女侠？"我用激将法激了她一下。

橘子果然上了当，"呼"地站起身来，迈开大步走下去。

一辆绿色的吉普车从身边驶过，我们投去羡慕的目光。

哎，要是有辆车带我们走该多好！

中午，我们又累又饿又渴，坐在一棵树下走不动了。桃子从书包里掏出几个馒头来，我们就着一块红咸菜。吃得那叫个香啊！

春风把田野吹得像绿色的海浪，阳光在绿色的枝丫间洒下一片星辉。我们从没发现世界竟如此美丽。

我们一坐下去，就不想站起来了。

然而，我们必须在天黑之前到达汽车站。我命令她们两个，赶紧起来继续前进。

我们再也没有刚出发时的快乐了。

"还有多远啊！"桃子擦着额头的汗水问。

"不远了，已经走了一大半了。"其实，我也不知道走到哪里了。

桃子的脸越来越白。我真怕她倒下。

橘子趁机报上午的一"箭"之仇："走不了，你就回去。没人拦你。"

我不愿让她们两个人斗嘴，挥手说："'苦不苦，想想长征二万五。'人家红军扛着枪过草地，那么恶劣的条件都过来了，我们这个算什么?"

傍晚时分，我们终于到达了县城。车站空荡荡的，没有一辆车。

我们倚在墙根下，像三只可怜的流浪猫。

橘黄的路灯弯着腰，像慈祥的母亲。我们仿佛闻到了饭菜的香气。我吸着鼻子问："家里人会不会找我们?"

我这样一说，橘子差点哭出来："我想回家。"

桃子眼睛里已冒出两滴水："其实，家里人对我们挺好的。"

这样一说，我们都感觉不该偷着跑出来。

绿色的吉普车，又出现在我们面前。

一个穿警服的人向我们走来，后面跟着六个人——我们的父母。

我以为会受到严厉的惩罚，甚至于想到了父母的拳头和棍子，心里很害怕。然而，母亲一把把我搂在怀里，我依偎在母亲的怀里放声大哭起来。

从此，我们再也没有提过离家出走的事。

芭蕉笺

李晓东

  在晨光小区里，丽丽发现有人竟在一张芭蕉叶上题字留言。这不是存心糟蹋芭蕉叶吗？

  那天傍晚，丽丽心烦，到楼下大院里散步。当走到围墙边的一个角落时，丽丽眼前一亮，只见一丛芭蕉倚墙而立，绿衣翠袖，俨然古典美人再世。可怎么就没人欣赏呢？丽丽心生怜惜，忍不住抚摸着一张又长又阔的绿叶，顿感手心滑滑的、凉凉的。

  忽然，丽丽发现手心沾有墨迹。她正诧异着，猛然见到芭蕉叶上写有黑字，字很小，密密麻麻的。

  丽丽把脸凑近芭蕉叶，仔细端详着："亲爱的，此处留下你的名字，将来留下你的一生。"

  这行文字写在芭蕉叶的最上端，字迹工整、娟秀。别急，下边还有一行文字："就算暴风雨让这座城市颠倒，我也会给你温暖的怀抱。"

  丽丽是过来人，这世上还有什么心结不能解开呢？她瞧了又瞧，心想这些文字想必是个情窦初开的女子写的。

  第二天，丽丽又到楼下大院内散步，发现那张芭蕉叶上又多了一行文字："今生能够遇见你，已然花光我所有的运气。我希望下辈子还能遇见你。"

  文字还挺有诗意的。想不到还有这样痴情的女子，她到底暗恋上了谁呢？落花有意，流水无情呀。年轻人，还是想开点吧。丽丽想起自己的前男友，曾对她甜言蜜语，说得那么动听。男人说的情话也能当真吗？丽丽不由得摇头苦笑。

  第三天，丽丽又注意到那丛芭蕉叶，发现那张芭蕉叶上又多了一行文字："确认过眼神，你是我遇上的对的人，真希望你能看见。"

不会错，这个女子中毒了，中了爱情的毒，中毒太深，得了单相思病。简直是疯了！丽丽一边看，一边叹息着。

只是这个痴情的女子到底长啥模样呢？丽丽受过爱情的伤，真担心那女子会干出傻事来。丽丽决意要会会她。

一连好几天，丽丽早晚都去楼下大院内散步，却一次也未等到这个神秘女子出现。

而让丽丽更觉蹊跷的是，芭蕉叶上又悄然多了几行文字："如果没有遇见你，我就不会懂得怎么珍惜你。"

"时光不饶人，一转眼我们就要分开了，希望我们即使不在同一个城市里，也依然爱着对方。"

"亲爱的，希望下辈子咱们还能做情侣。"

……

丽丽一行行看下去，越发觉得不对劲。真是林子大了什么鸟都有啊。丽丽预感小区里迟早要出事！

可丽丽就是等不到那个题字人露面。

时光如水，波澜不惊，好在小区里压根儿就没听到有人出事。丽丽悬着的一颗心总算放下了。于是，丽丽慢慢忘了这事。

秋天来了，那丛芭蕉的叶片开始变黄。

冬天来了，雪花飘落在一张张枯黄的芭蕉叶上。

一个清晨，北风呼啸，丽丽老远便看见一个男人站在那丛芭蕉旁，他正用黑色水笔在枯黄得泛白的芭蕉叶上一笔一画地写字。

寒风吹动着枯黄的芭蕉叶，也吹动着男人蓬乱的头发。

丽丽悄悄走近男人，男人竟浑然不觉，他是那么专注，那么虔诚。

突然，男人咳嗽了一声，说道："芳芳，我从日记本里选了这些文字送给你，你能收到吗？希望你在那边一切安好，好好照顾自己。等到明年芭蕉长出新叶后，我还会给你写信的。"

丽丽听着听着，鼻子一酸，赶忙转身离开。

暴雨骤停

段淑芳

　　黄章和刘丽从高铁站出来时，只见出站口到处都是大大小小的积水滩。两个小时而已，从火炉似的叶城一脚踏入暴雨骤停后湿漉漉的柳城，有点像坐过山车，失重，继而短暂失真。

　　刘丽小心翼翼地迈着步子，鞋子和长裙的裙角还是弄湿了。旅行总会有这样那样的东西要带，换洗的衣服，当地的土特产，还有杂七杂八的东西把旅行包塞得满满当当，让人觉得出行就像蜗牛负重前行。此时，背着重重背包的他们急需一辆的士。黄章要刘丽在一边歇着，他排在长长的候车队伍后面。暴雨过后，的士有点难等。好在有交警在旁边维持秩序，长蛇似的队伍慢慢地挪动着，前面的人一个一个地减少，后面的人慢慢地又多起来。听说这场暴雨导致来高铁站的立交桥下积水过多，淹了好几台车，的士司机望而却步。好在雨来得急、去得也快，在交警、城管以及路人的齐心协力下，积水的道路已被疏通。的士鱼贯而入，渐渐多了起来。

　　黄章、刘丽住的丽水小区有点儿偏僻，人口密度不高，平常的士司机隔着车窗一听说去丽水小区就摇摇头，根本就不让你上车，他们可不想回来时放空，不划算。今天幸好交警就在旁边盯着，大家都在有序排队，就像命中注定一样，轮到谁就是谁。又好比抽签，你抽到什么就是什么，司机和乘客都有点儿认命的意思。

　　把行李往后备厢一丢，上得车来，黄章和刘丽都轻松地吐了一口气。说出目的地后，司机果然叹了口气，有种相亲没对上眼的失落感。司机说，丑话说在前头，暴雨刚停，前面的道路如果积水太深我就会掉头，这是公司的车，损坏了要赔偿。黄章和刘丽点点头，表示理解。司机又说，我今天运气不太好，这个路线大家都不太愿意跑，应该是前面的司机都不愿意载你们，才留给了我？黄章说，怎么会呢？你没看到大家都在依次排队，还有交警在指挥。如果可以选择，我们也不想坐你的车。司机听黄章这么说，知道说的是气话。为了缓和气氛，司机解释说，公平就好，我是新入行的。最看不惯那些老司机挑客，把路途远一点儿的、人流量大的目的地的客人带走，一些路程短、地段偏僻的乘客就留给我们。所以，高铁站这边我一般都不来。丽水小区跑一趟不划算。既然是按排队的先后顺序上车，那也是可以理解和接受的，公平就好。

看到司机可怜巴巴的样子，刘丽有点儿自责自己居然住得那么偏僻，让司机这么为难。她有几次下高铁打的士，司机一听她住丽水小区就一溜烟地跑了。有一次，她还看到两台的士司机为了争一个远途旅客而大打出手。她说道，你也不要这么悲观，老天爷会保佑你待会儿返程时有客，还是远程客！司机说，借你吉言！尽管这种概率很小。我们跑通班，上了白班又要上晚班，每个月按规定要给公司上缴四五千元，剩下的才是自己的。时间对我们来说就是金钱，多跑几趟，每一趟都无缝衔接不放空，才能多赚一点儿。刘丽说，我明白，赚点儿钱不容易。

很幸运，一路上都是畅通的，暴雨带来的积水早已疏通。快到丽水小区大门口时，司机的接单器果然响起来了，不仅有客人，客人去的目的地还是繁华的市中心。司机紧皱的眉头终于舒展了，刘丽也松了一口气。

司机试探着问，你们进小区后还有多远呀？刘丽知道司机的心思已经在下一单客人身上了，看看车窗外的雨似乎停了，便对黄章说，要不，我们就在小区门口下车，走几分钟进去就当散散步？黄章不情愿地"嗯"了一声。司机感激涕零地说，那太谢谢你们了。刘丽说，没关系，赶紧去接下一个顾客吧，别让对方等太久了。

刚下车，雨又飘起来了，背着行李走在雨中，所有的浪漫都会被雨水冲刷得一干二净。虽然雨不大，就那么飘飘洒洒地落在发尖上、鼻翼上，居然有点爱抚的意思。黄章一句话都不说，大步流星地走在前面，刘丽怎么追都追不上。等刘丽气喘吁吁地跑回家后，看到脸色有点儿不太好的黄章便问：你不高兴？黄章说，你以为呢？提前下的士冒雨回家，你觉得很好玩？刘丽说，又没走几步路，不就想让司机多跑一单多赚点儿吗？

刘丽走过去给了黄章一个大大的拥抱。黄章原本僵硬的身体，在刘丽的拥抱下，慢慢变得柔软。放眼窗外，雨停了，暴雨骤停的城市格外清爽。

补画高手

凌鼎年

美籍华裔大收藏家达一贯准备向家乡的省博物馆捐赠100件书画，包括多幅宋画、元画，与明清字画，大部分是民国期间的大画家、大书法家的作品，可以说是价值连城。

举不举行捐赠仪式，达一贯倒无所谓，但提出要看一下唐代孙人立的《竹林七贤图》。说他曾经不止一次听他爷爷、父亲说起过这幅画，说那画上人物栩栩如生，人物的衣冠与图中的器具都有写实风格，可借此窥见魏晋士大夫的日常生活的真实状态。说经他反复查询，得知是一幅流传有序的名画，目前应该是省博物馆的藏品，想饱一下眼福。

达一贯提这样的要求，实在不算过分，不满足他也说不过去。但柏年松馆长知道这是一幅有破损的残画，竹林七贤自然应该有七位人物，可画面上只有四位人物，还缺三位。如果让达一贯看这残画，有损省博物馆的颜面，除非把它修补完整。

可《竹林七贤图》系唐代之画，至少有1100多年历史，属一级文物，轻易不能碰。而修修补补的事，名家一般不愿意做，非名家又拿不下，博物馆也信不过，这确乎是个难题。

时间紧迫，柏年松馆长很头晕，他说："要是我行，我就自己上了。"可现在一时半刻找谁来补呢，他有点抓瞎了，一筹莫展。

也许冥冥之中有天意。第二天，第一任博物馆老馆长白寿，柏年松馆长带了馆里的两位副馆长去祝寿。别看老馆长99岁了，精气神却很不错，他目光如炬，洞若观火，酒过三巡后，他对柏年松馆长说："你有心事？一定有心事。"

柏年松被老馆长点穿了，只得如实告知。

老馆长沉思片刻后说："我推荐一人，曲天成，他一定能胜任。"

曲天成这名字太陌生了，从未听说过，像这样名不见经传的，属哪路神仙？老馆长怎么会推荐他，凭什么推荐他？柏年松不能不打上一个问号。但听老馆长的口气，很自信的样子，且老馆长德高望重，不可能说没有把握的事，姑且信之。

为了郑重其事，柏年松与两位副馆长专程去拜访。原来曲天成是裱画师，以装裱、修复古画为主业，他既是书画鉴赏家，也是国画家，山水、花鸟都有涉猎，尤其擅长画人物。他画画，只是兴趣，从不发表，从不参加画展，更不卖钱。

柏年松听老馆长介绍曲天成收藏了很多古绢古绫古纸古墨，那些绢与宣纸，大的好几尺，小的巴掌大，旧的几百年的都有，泛黄发黑，扔在地上都未必有人捡，他都当宝贝似的藏着。

老话云"工欲善其事，必先利其器"，曲天成有古绢古绫古纸古墨，这些都是修复古画的必备条件，就是不知他的人物画到底达到什么水平。

柏年松提出要看看曲天成的画作，曲天成取出一幅《百仙图》长卷。那人物，那构图，那线条，那着色，那眼神，那动作，神形毕肖，活灵活现。柏年松暗暗在想：高手在民间啊。他终于相信老馆长的推荐是靠谱的。

柏年松拿出了《竹林七贤图》的照片，问曲天成有修补完整的把握吗？

曲天成拿出放大镜细细看后，斟酌再三说："类似的古绢我有，古墨也有，画人物也没有问题，问题在于原画上只有山涛、王戎、刘伶、阮籍四位，那嵇康、向秀、阮咸三人是坐是蹲是立是卧？是笑是哭是嗔是痴？还是侃侃而谈，或者假痴不癫？"

确实，这是最伤脑筋的事。

曲天成说："这样，我先构思构思，构思成熟后，画幅小样，你们认可了，我再正式补画。"

大约半个月后，曲天成发来了他的小样稿，但见图上：阮咸在弹阮，嵇康在抚琴，向秀援笔欲书，不知准备赋诗，还是绘画？

柏年松看后，觉得还颇符合这三人的个性与爱好，征求了老馆长与多位专家的意见，做了些小的修改后，就把方案确定了下来。

柏年松要求曲天成去博物馆修补，曲天成一口回绝，说必须在他家里完成。理由是在整个修补过程中，哪怕一声咳嗽，或打个喷嚏都会影响线条的细微走向与色泽的些许浓淡，主笔者最好不外出、不走动，保持心态平和、情绪稳定非常重要；而且，最好在没有任何外界干扰的情况下一气呵成，一旦上手，那时间是没有保证的，也许吃也顾不上了，开个夜工，熬个通宵，谁说得准呢；再说，在家，一应所需之物，随手可取……

这就让柏年松为难了，要知道《竹林七贤图》是国宝，怎么能随随便便拿出博物馆？

曲天成很固执，说信不过就算了。对我来说，信誉比手艺更珍贵。

僵持了几天后，柏年松做出了让步，但一套手续签字盖章一样也不能少，要知道，他是担着很大干系的。

一个多月，曲天成完成了修补，那人物的衣纹线条以铁线描为主，杂用兰叶描，线条遒劲，勾勒流畅，富有质感，透着张力。特别是人物眼神，清澈、干净、高傲、狷介，流露出崇尚自然、不拘礼法的神态，一个个仙风道骨。人物既各各不一，又相互照应，整个画面是和谐的、有机统一的，简直天衣无缝。柏年松很满意，心里一块石头落了地。

达一贯捐赠仪式后，柏年松馆长请他去欣赏了《竹林七贤图》。达一贯看得很认真很仔细，连连说："神品神品，不，堪称逸品。"

看罢画，落座品茗时，柏年松馆长问达一贯对《竹林七贤图》的看法。

达一贯沉吟半晌后说："据我所知，《竹林七贤图》是残卷，但你给我看的是完璧。以我多年的鉴赏经验，凭眼力判断，从材质、笔法来看，应该是真迹，难道世间留有两幅孙人立的《竹林七贤图》？"

几个月后，公安局破获一个文物走私案，发现有古画，就请柏年松馆长去协助鉴定，鉴定下来有真有假，有几幅高仿的水平连柏年松馆长也不得不佩服。

这高仿者是谁呢？会不会就是曲天成？要不要把自己的怀疑告知警察？他很犹豫。故意说道："这高仿水平是顶级的，不知参与了犯罪集团没有？"

刑警说："应该没有。已查实了，是外地一家高科技公司借助进口的电脑设备仿画的。"

柏年松馆长为自己刚才有那种想法感到很惭愧，很自责。

对　手

刘贵赓

我和三黑都是钢贸商。

三黑是我的老乡也是发小，当年我拎着一把大板锹，到城里包工揽活儿创业时，三黑就跟着我干。

有了点儿积蓄后，三黑想赚更多的钱，他就准备自己单干。

当时我们做的是钢材生意，来钱很快。三黑就和我一样，也挂上了钢材公司的牌子。

公司挂牌成立初期，三黑的资金周转不开，便找到我求助。我借给他一些钱，还给他介绍了一些客户，三黑的钢材公司便日渐发达，在业内开始小有名气。

离我们几百公里外的一个城市，要建一个大型发电厂，需要大量钢材。对方发布招标公告，我决定去投标，三黑和我说他也打算去投标。

三黑还问我这个工程怎么样？能不能按时拨付货款？

我说应该差不了事，他们是大型国企，要是敢违约，那得多丢人呐！

末了，三黑又和我说，大哥，这次投标咱俩是竞争对象，我是你的对手，如果我赢了，你可别生气呀！

我回答说：怎么会生气呢，咱俩谁中标都好，这叫肥水不流外人田。

三黑听后，哈哈笑着走开了。

投标出发那天，半路上我的车莫名其妙地抛锚了，司机弄得像个油耗子似的也没把车修好。等到救援师傅从几百公里外赶来，把车修好时，投标的时间已过，我只好垂头丧气地打道回府。

三黑中标了，我打电话向他表示祝贺。

一天，我在公司办公室的三楼，无意间向楼下看，竟然发现我的司机和三黑在楼下的一个角落里交头接耳。

瞬间，我一下子明白了那天投标的路上，车抛锚的原因了。

我是被三黑给"黑"了。

我当机立断开除了这个内鬼司机。

三黑开始给发电厂工地送钢材，第一次送了两百吨，货款全部付清。第二次两百多吨，还是全部付清。三黑高兴地说，还得是人家国有大企业，说话就是算数啊！

我公司业务经理知道了我开除司机的原因，愤愤不平地骂道：活该！这种吃里爬外的东西不会得到好报的。

业务经理又和我说，三黑的公司目前是咱们公司的强劲对手，他看咱们干啥他干啥，就连经营钢材的种类都一样，以后得防着他们一些。

我笑了笑说，有竞争对手是好事，督促我们时刻不能松懈。

有业内人士和我说，三黑给电厂的铁板不到60毫米，才55毫米，这样检测的时候，三黑是不好过关的。

考虑到三黑是我的发小，我立即找到他说，三黑，你不能连自己都糊弄啊！

三黑红着脸装糊涂说，大哥，你的话我没明白。

我说，你供给人家的货大多是非标，却敢提供国标的材质单、合格证。这样下去，电厂不会认账的，早晚得出事！

三黑笑了：不这样，咋整啊！我寻思这样能多赚点儿，这年头撑死胆大的，饿死胆小的。大哥有点儿保守了，哈哈！

对于我的善意劝说，三黑并未往心里去，我只能抛下一句"好自为之吧，兄弟"就走开了。

三黑第三次送的还是两百多吨，这次电厂货款一分未付。

不久，三黑收到电厂委托律师发来的律师函，告知三黑，厂方经技术权威专家鉴定，三黑供给电厂的钢材质量不达标，三黑的公司在合同履行过程当中，出现违反合同约定的情形，致使厂方工期延误，造成不可估量的经济损失。因此要求三黑的公司，给电厂赔付损失两百万元，希望三黑的公司慎思并妥善处理此事，否则将会被以涉嫌欺诈罪起诉。

接到律师函，三黑瘫坐在椅子上。三黑去咨询律师，律师告诉他，不赔就身败名裂，还会有牢狱之灾。

三黑公司的财务账面上只有一百二十万元，赔款还差八十万元。

三黑四处筹款却一无所获。

当三黑失魂落魄地来到自己公司的货场，准备卖钢材时，货场里空空如也，半根钢筋都没有了。原来市场的钢材老板们听说了三黑的情况以后，知道他欠的钢材款没什么指望了，便争先恐后到三黑的货场，把存余的钢材一抢而光。

业务经理和我说：三黑是嘚瑟大劲儿了，这回遭大难了，不死也得扒层皮。

走投无路时，三黑到公司来找我，见面第一句话就说：大哥，我完蛋了！

说完抱住我，呜呜地哭了起来。

我的鼻子有些酸，拍着三黑的肩头说：三黑，有大哥你就不会完蛋的。

我吩咐财务给三黑的账户打过去一百万元。

业务经理听说后，跑来问我：老板，没听过农夫和蛇的故事吗？

我回答说：他是什么蛇，我也得先帮他渡过难关。

业务经理用不解的目光看着我。

我就告诉业务经理，我从小是个孤儿，是吃百家饭长大的。小时候，我每次过生日，三黑的娘都给我煮上两个鸡蛋让我吃。这鸡蛋的温度一直存在我心里，我觉得那是一种恩情。

业务经理听后，看着我点点头说：老板，我懂了！

最佳人选

张殿权

韦俐他们舞蹈艺术团新来了一个女团长，姓高。

高团长是一个内行，年轻时也是一位优秀的舞蹈家，后来因一次意外受伤不能再跳了，才转到行政岗位上去的。他们团这几年走向市场后，虽然很快就适应了市场，吃饭没有问题，但是发展步伐还不快。高团长提出，他们团收入三年要翻一番。她说，要达到这个目标，就要重视人才、优化人才配置。

高团长上任前的两个月，他们团的艺术总监调走了，因此，艺术总监新人选成了团里最受关注的一个焦点。艺术总监相当于副团长，不仅要有高深的专业造诣，还要有宽阔的视野，熟知国内外舞蹈市场的状况，并具有相当的前瞻性。很多人都很想成为艺术总监，但绝大多数人又都遗憾地发现，自己的能力不够。很快，所有人的目光就都聚焦到了韦俐身上，因为她不仅在全省有很高的知名度，在全国也有相当高的知名度，参加过不少全国性的大型演出和比赛，还上过央视"春晚"。

副团长嵇吉和韦俐从小一起学舞蹈，两人虽然有过磕绊，但关系一直都还可以。嵇吉找到韦俐，说："韦俐，你应该抓住这个机会！"

韦俐淡笑了下，说："谢谢你提醒，我知道了。"

嵇吉说："你应该主动去找高团长聊聊。高团长虽然没明说，但我感觉，她是有心让你来担任艺术总监的。"

韦俐又笑笑，说："嗯，我知道了。"

韦俐的情况，高团长在来之前就很熟悉了，因为韦俐在本市文艺界是名人。高团长也认为韦俐是担任艺术总监最合适的人选，她期待着韦俐能主动来找自己谈谈。

可是，很多条件不够好的人都鼓足勇气来找她谈艺术总监的事了，韦俐却一直都没有主动来找她。高团长觉得很不能理解，甚至还有些不悦了，心想，你就是在全国有知名度，但终归还是这个团的人吧，还是受我管的吧？

这天，高团长和嵇吉谈工作时，就提到了艺术总监的事。高团长问："最近有不少人来找了我，表示想当艺术总监。但是，他们都不是最佳人选。你觉得，咱们团谁最合适？"

嵇吉谨慎地说："您觉得呢？"

"你看韦俐怎么样？听说，你和她是从小一起学舞蹈的，关系一直不错？"

"是，我和她从小一起学舞蹈，后来又一起进了咱们团……"

"那你对她应该是很了解的，你觉得她当艺术总监怎么样？"

"虽然我和她关系一直不错，但我知道，工作是工作、私人关系是私人关系。不过，从工作大局来看，我认为她是最合适的人选，甚至比我还要合适……"

"嗯，我也这么想。没有她，我们团的总体水平很难迅速提高上去，更别谈收入翻番了！但奇怪的是，她却一直没有主动找我谈过这件事……"

嵇吉有些惊讶，说："是吗？"

"要不，你去找她私下先谈谈？"

嵇吉说："好。"

下午，嵇吉就找到韦俐，说："我前些天就让你主动去找高团长谈谈，你怎么没去？"

韦俐无所谓地说："我为什么要找她谈呢？"

嵇吉就有些不高兴，说："你该不会是不想当这个艺术总监吧？"

韦俐反问："难道你认为我很想当这个艺术总监？"

"难道你真不想当？你看，虽然你现在的名气不小，但终有一天你会跳不动吧？当上艺术总监，以后你跳不动了，也有个很好的职位呀……"

韦俐说："你这样说，表面上看也不是没道理。但我不这么看。现在，邀请我演出的人很多，开的价码也都很高，如果不奢侈浪费的话，这些年我挣的钱足够我下半辈子花的了，就是以后退休了，我也还有退休工资，没有什么可担忧的；就算有一天我跳不动了，我就是做做一般工作，也总有工资吧？而当了艺术总监，不但会影响我个人的事业，同时还要付出很多心血。因此，我当这个艺术总监，对我个人来说没有什么意义。"

嵇吉叹了一口气，说："那，你就不愿意为团里作贡献吗？"

"我愿意作贡献。但是，我不愿意求着领导去作贡献。"

嵇吉还是不明白："什么意思？"

韦俐说："高团长想把团里工作搞好吗？"

"她当然想搞好了！"

"那，她现在能找到比我更合适的人出任艺术总监吗？"

"找不到。"

"既然如此，应该是她主动来找我谈才对，而不是我主动去找她谈！"

嵇吉和韦俐谈完话后，到了高团长办公室，简略地把情况说了——当然没说最后那几句话。但高团长一听，还是很生气，说："她还真把自己看成香饽饽了？我就不信，咱们团离了她就不能活了！"

嵇吉忙劝高团长消消气。

半年过去了，由于艺术总监一直没有找到合适的人选，排练不出新的好的节目，市场拓展越发困难了。大家对高团长都充满了怨言，认为高团长只会吹不会干。

高团长找嵇吉商量怎么办，嵇吉也不知道该怎么办。高团长长叹一声，说："看来，得我主动去找韦俐了呀！"

晚上，高团长和嵇吉一起去了韦俐家，请她出任艺术总监。高团长本以为费很多口舌也未必能一下子劝动韦俐，没想到韦俐当即就答应了，这让高团长很是惊喜。

高团长说："韦俐，真是谢谢你顾全大局呀！"

韦俐笑笑，说："不，你应该感谢的不是我，而是你自己！"

清　账

周　起

年关年关，有钱人家过年，无钱人家过关。

除夕为界，年前清账天经地义，月牙村就有这规矩。哪家万一遇到了困难，需要拖欠别人的钱财，户主就小腿打战，低着头红着脸，登门到债主家，看别人的脸色，小心翼翼地说一箩筐的好话，并表示何时归还。可是，大家都知道，欠蒋医生的账是个例外。

蒋医生，是名乡村医生，在月牙村开了个便民诊所。年底最忙，打工的人回巢了，小村一下子热闹起来，看病的人也多了。有人在外面混得好，到了诊所声音响灿灿的，屋顶的几只麻雀都被震飞了，虽把全家一年或多年看病的账还清了，但蒋医生的耳朵受尽折磨；也有落魄在外没挣到钱的主，恭恭敬敬给他递上香烟，说点故事，声音越来越小……

清账或者不清账，关系不大。但蒋医生烦别人絮絮叨叨，也不好明说。这些当家的人多数在外打工，一年一见，不好生分，更不想得罪谁，他只好眼看病人打点滴，耳听不咸不淡的故事，脸上挂着若有若无的笑容……

蒋医生有个习惯，大年初一哪儿也不去，谁也不见，就在家盘账。除夕之后，该清的账都清了，要欠的账依然欠着。月牙村三十多户，按照从东到西的顺序，列在他的软面抄里，每个户主占几个页码，记录某年某月某日，其父母或者子女看病用药情况，费用多少。月牙村人来看病，很少有现金，看完病就走人，到年底户主回家结账。他一年换一回账本，以农历为期！欠账的数目要代入下一个年度。

蒋家三代从医，看病记账的习惯是从蒋医生的父亲开始的。新中国成立前，他的父亲读书识字，看村里人患病痛苦无处求医，便卖掉了家里的一头黄牛，收入全部拿来买了医学方面的书籍，自学中医望、闻、问、切，成了地方的名医。其父仁心，只管看病，不计得失。后来，子承父业，蒋医生业务好，足以养家糊口。

如今，月牙村里人口日益减少。他的儿子不愿守在家里，考了执业医师证，去了城里的大医院工作。蒋医生年纪大了，他和家人商量好了，开年就把诊所停了。诊所停了，账本也就没有意义了。他决定把账本烧掉，彻底清账。

除夕之夜，点起火盆，蒋医生把账本撕开，一页一页地焚烧，庄重虔诚，如同给先父烧纸钱，火光照得他脸上或明或暗，但是笑容始终温暖。

蒋医生让儿子用手机录下烧账的视频，并发到了月牙村乡亲群。

蒋医生在乡亲群里语音留言：乡里乡亲的，所有账目能清的，年前就清了。没有清账的，自有难处，以往账目，全部烧毁，自动清零。从今往后，不要谈债，谢绝还债。我岁数大了，新的一年诊所停业了。

乡亲群里，先是静默，然后哗然。隔壁的老汪很生气，说，我们人穷志不短，欠账肯定还钱，你是一把火烧清了，我们怎么做人？也有邻居担心以后老老小小看病不方便了！还有人说，蒋医生您钱多得发烧……

蒋医生好像做错了事，耐心解释：我和老伴有社保，儿女都有工作，孙子大学毕业已经上班了。钱再多，不过一日三餐；房子再大，也只能睡一张床。开心地活着最好！大家以后看病只是多走几步路，村里有卫生室。

交代完毕，蒋医生干脆不再看群里的信息。他觉得无账一身轻松，腰杆子似乎直了许多。

大年初一，蒋医生家终于有了过大年的感觉，拜年的人来了，他陪乡亲们聊聊天、喝喝茶、抽抽烟、吃吃瓜子……

可是，竟有人借口到厨房续水，悄悄地把还账的现金放在灶台上……

孙子最先看见厨房里的钱，说，姜还是老的辣，爷爷要账别出心裁。

他儿子却说，麻烦了，都说清账了，这钱是谁的？还给谁呢？

蒋医生沉默了好一会儿，说，这人是诚心还账，那就收下吧。他把钱数了数，一共1570元。很快，他又从抽屉里数出430元，凑个整数，放在一个红包里。他让儿子带着孙子一起，把红包送给患癌症的葛大爷，尽点滴心意。

孙子的心弦颤动了，给爷爷点赞。蒋医生说，应感恩乡亲们，我欠乡亲们的账永远都还不清呀，看看整个月牙村，只有我老蒋没有下过田，也没有插过秧。

花香藕

张　弯

　　"六月花香藕，吃了头口想二口。"柱子从菜场回来，洗过手推开卧室门，见红莲正坐在桌前描眉化妆。卧室窗帘满拉着，只桌面上的柔色小台灯亮着。红莲穿着一件无袖短背心，两条白胳膊在客厅陡然涌入的亮光里，白皙得耀眼。柱子周身涌起一股热流，将老家这句俚语刚说出口，嘴便蹭上红莲胳膊，可劲儿亲了一口。

　　"门还敞着，一点正经样都没。"红莲转头嗔道。

　　"阿宝昨晚不是送去爸妈那里了吗?"柱子坏笑着回答。阿宝是他们上幼儿园的孩子。

　　"别闹啦，我马上就好，你把藕洗洗，我们开始录吧。你一会还要去上班呢。"红莲说。

　　"好吧，一盆炭火刚点着，生生给一瓢冷水浇灭了。"柱子不甘地嘀咕一句，怏怏地走出卧室去了厨房。

　　很快一切就绪，红莲打开支架上的手机，调焦距，开美颜滤镜，接着清脆地亮开嗓子："新老朋友们大家好，'莲心如许'又上新啦！本期为藕粉们准备的是清脆可口、烹制简单的'小炒藕条'，切配、掌勺依然为我们家宝爸许大柱——柱子大厨。"

　　随着红莲话音落，身着洁净厨师制服的柱子娴熟地握住菜刀，在砧板上将一节白净圆藕翻转回旋，切成藕条。

　　这是他们夫妻以莲藕为主食材拍出的"莲心如许"系列短视频第十五集。在这之前，他们分别拍过"香酥藕饼""桂花糯米藕""虾仁炒莲藕""莲藕炖猪蹄"等多道藕制美食。短视频账号的关注粉丝从最初数十人，慢慢增加到几百人，特别是做到第五期时，短视频被平台评为个人美食优质账号，给予热点引流。目前"莲心如许"的粉丝已突破九千人，点赞评论等数据也大幅提升。

拍这个藕菜短视频的初衷，缘于去年冬天柱子和红莲的一次回乡之旅。那天他们的车穿行在老家村庄边的圩田里，路两边田块中颓败的残荷茎干，静静立于浅浅水面，像极了一幅铺在田野中的水墨写意画。儿子阿宝在他们打工的省城出生，待在乡下的时间少，对乡村原始风景充满好奇，趴在车窗处叽叽喳喳问个不停。

"妈妈，谁在水里插下那么多小棍棍，许多小棍棍上还挂着灰色叶子？"阿宝好奇地问。

"那不是谁插的小棍棍哦，那是干枯了的荷叶与茎干。夏天时，它们与环城公园里小伞一样的绿色荷叶、红色荷花一样美呢。"红莲告诉阿宝。

"如今它们下面还藏着一根根白色的莲藕哟。"柱子放慢车速补充道。

"是爸爸做藕盒的那个莲藕吗？"阿宝扑闪着眼睛问。

"是的，这片水面下全是，撂荒在这没人要了。"柱子的声调忽然变弱。

"为什么不送菜市场卖呢？爸爸不是每天都买藕，还换着花样做菜吗？爸爸上班的酒店里也有好吃的糯米藕哇。"阿宝小嘴一刻不停，抛出他的问题。

"这片莲藕是你二爷爷种的。因为距离城市远，莲藕大批量上市时卖不上价，有时连挖藕人工资及车辆运费都保不住，所以不少藕便这么搁在田里了。"妈妈的话里也满是惋惜。

那天返城，二爷爷不顾寒冷，从泥水中扒出几十斤藕放进车子后备厢，并叮嘱柱子："你不是在大饭店当厨师吗，回去跟你们老板说说，用到藕的话从我这采购一点哪。"

柱子回来咨询采购经理，采购经理直摇头："菜市场藕多着呢，从你老家那里买，来回两三百里路，豆腐早盘成肉价了。再说，我们饭店菜谱上，传统藕菜就那么几道，还得看客人可否点。除非有更多可口藕类新菜推出来，藕的用量才能增大。"

柱子和红莲都忘不了二爷爷送他们离开时红肿的双眼。红莲说柱子，亏你还是个厨师，你就不能开动你那脑瓜子，两眼多盯着藕眼，多琢磨一些藕类菜品出来？

柱子回怼红莲，你不是喜欢发抖音视频吗，你把咱圩村风光和二爷爷莲藕田的图片多发发呀。说不定一不小心，那里成了网红打卡地，藕的销路不就有着落了！二爷爷种的那些藕，是我们当地传统的花香藕品种。二爷爷说明年销路仍不畅的话，就不打算种了。如今村里人几乎都在外面，这样下去，这个花香藕品种保不准就消失啦。

两人就这样从相互撕扯开始，到后来一合计，边模仿边摸索，搞出一个专推藕菜的视频号"莲心如许"来。

转眼谷雨节气到，柱子和红莲打电话给二爷爷，问今年的藕种下了没。二爷爷沉默一阵，回道："还在犹豫中，如果找不到确切买家，不准备种了，省得到头来白忙活一场。"

柱子和红莲面面相觑。虽然他们的短视频已拍得有模有样，但流量变现并不容易，他们无法承诺，视频推送能给二爷爷的莲藕销售带来多大帮助。

"要不，你把捣鼓出的这些藕菜烹制方法，免费教给你们饭店的同事，顺带建议在同价前提下，用二爷爷家的花香藕做原材料？"

"藕在我们老家方言里叫'通菜'，你就没想过将二爷爷的花香藕挂个链接，让它们通过网络，通向更远的地方？"

几乎一前一后，柱子与红莲又开始互怼起来。

会跑的饺子

陈 利

我做梦也没想到，整整一盖帘儿打算正月初一早上煮的羊肉丸饺子，大年三十一宿的工夫全不见了。

正月初一，天儿还黑咕隆咚的，爸妈就起来了。妈打着哈欠收拾锅灶，爸咳嗽着，用扫帚哗哗清扫着昨夜飘落的薄雪和放鞭炮落下的红纸屑。

听到外面的响动，我也赶紧起来穿衣。表面上是按爸妈说的，新年头一天要早起，这一年全家都发旺。其实我是惦记着昨晚妈包的羊肉丸饺子。我稀罕吃羊肉，就是羊肉价钱忒贵，三四十块钱一斤。只有逢年过节妈才舍得给我们涮顿羊肉或者包顿羊肉馅饺子吃。昨晚年三十，妈包的可是纯羊肉丸的饺子呀。我老早起来，是想帮妈烧火，快点把那一咬一滋油、香得让人找不到北的羊肉丸饺子吃到嘴。这次我可不会再像上几回那样，夹起饺子一口咬下去，饺子里的半罐儿油汁，溅了自个儿一身。呼噜呼噜把饺子都塞到嗓子眼了，也没想起吧嗒吧嗒这羊肉饺子是啥滋味。这回我一定要慢慢地吃，先把饺子咬开个小缺口，放出里面滚烫的热气，噗噗吹凉些，把那半兜子的香油汁滋滋喂进嘴里，吧嗒吧嗒滋味，再一点一点地享用那香得销魂的羊肉疙瘩。瞅着打着旋儿升起的水雾，想着就要吃到嘴儿的羊肉丸饺子，我的心里这个美呦！

锅里的水已烧得哗哗翻开了，妈颠颠跑到西屋去端昨晚包好的羊肉丸饺子。推门一瞅傻了眼，摆在盖帘儿上的饺子一个都不见了。用高粱秆做成的盖帘儿上，只剩下摆饺子时留下的一个个白面印儿。妈喊爸时，声儿都变了音儿，"孩子他爸，你快看看！咱家的饺子咋一个都不见啦?"听到妈的喊声不对，我心里一凉，赶紧蹿到西屋。盖帘儿上的饺子当真一个都不见了。爸纳闷得直挠脑袋,妈急得直转磨,"这可咋办,这可咋办呀?"这时周遭儿的街坊邻居家,已噼里啪啦点响了吃饺子前的鞭炮。

在我们冀东一带,讲究从年三十那天起到正月底,张嘴都要说吉利话,祈盼新一年的好彩头。"不碍事,不碍事,元宝没赚到,今年咱就挣银条。"这会儿爸的老皇历又来了,他把饺子说成元宝,挂面说成银条。看戳在屋里不知咋办好的妈同我爸一个样,连说:"好好好,那今年咱就挣银条。"妈边说边转身,将挂面下到水花翻滚的锅里。

大年初一本可以欢欢喜喜地吃上顿热腾腾、一咬一滋油的羊肉丸饺子,却吃了顿清汤寡水的挂面汤,全家人心里像塞了把乱草,堵得慌,但嘴上谁也不好发作。吃完饭,爸把嘴儿一抹,叮嘱妈留家接待来拜年的人,催促我们快去给村里的长辈们拜年,他自个儿却吧嗒着喇叭筒旱烟出了门。

满满一盖帘儿饺子到底跑哪去了?这档子事搅得我没了给长辈拜年的兴致。这时东边的日头已经一竿子高了,村街上开始有人到各家各户拜年说吉祥话了。我却没跟着族人去给长辈拜年,而是蔫巴出溜地独自一人到"案发现场"的西屋当起了福尔摩斯。我的眼神犀利,不放过蛛丝马迹,西屋的墙角,粮缸后面,墙柜腿底,犄角旮旯绝不放过;然后又寻到屋外窗台,再到贴着对联、挂着红灯笼的大门口,我都反反复复查看了好几遍,最后终于找到了"凶手"。在西屋的墙角,发现了一个沾满尘土的黑黢黢的饺子后,在屋外窗台上、墙头上、大门外,又见到了一串梅花形红枣般大小的爪印,从我家门前蜿蜒伸向村外。顺着这清晰的爪印,我一路跟到了堆满麦花秸、玉米秆柴垛的村东打谷场上。说是打谷场,其实已多年不用了。这是村里专为大伙儿集中堆放柴火留出的场地,既可防失火,又可保持全村街道的整洁。

在打谷场的最深处,一座两米左右高、顶部有些坍塌的麦秸垛上,隐约有两三个小动物正在垛上嬉戏玩耍,我悄悄凑到近前仔细一瞅,它们一个个小脑袋、短耳朵、黄皮毛、粗尾巴。我不禁吃了一惊,黄鼠狼!敢情我家的饺子都跑到这来了,是黄鼠狼偷吃了我家的饺子!按捺住心中的怒火,我悄悄从柴垛里抽出几根粗壮的玉米秸秆,正准备教训教训这群祸害人的家伙时,却被一双粗糙的大手按住。"别!千万别伤害它们!"

我抬头一瞅,是满脸胡茬儿的老爸。"为啥?""黄鼠狼是咱庄稼人的财神，它们轻易不祸害人，只是这冰天雪地没吃食，才干出这种没法子的事情。"尽管我心中的怒气消了大半，仍有些心不甘。"那，就这么便宜了它们？""对！不但不能伤害它们，还要照顾好它们。看，这是我给它们从你卖鱼的大爷家找来的鱼杂碎，帮它们度过这年关。"说着，爸将半塑料袋带冰碴的鱼杂碎，均匀地撒在洁白的雪地上。

救　度

李云飞

　　北风像一个幽灵，从房子大大小小的缝隙里钻进屋里，扫荡着每个角落。安迪和母亲紧紧相拥，互相用体温温暖着对方，等待着新一天的阳光。

　　安迪已经到了上学的年龄，可妈妈根本供不起他读书。在安迪四岁的时候，父亲抛下了他们母子，和一个农场主的女儿结婚了。

　　安迪和母亲靠母亲在外打零工度日，因为是零工，工钱也就断断续续的，日子过得上顿接不住下顿。这次，母亲已经有三天没有班上了，母子俩一天一夜颗粒未进。

　　安迪透过窗户，看着天上的星星像眼睛一眨一眨的，突然有了主意。他找了一张白纸，点亮了煤油灯，认真地画了起来。安迪很有绘画的天赋，父亲以前就是画匠，那个农场主的女儿就是给他当模特时被他的才华吸引的。

　　半个时辰过去了，一张钞票跃然纸上。他画了一张当时面额最小的钞票，刚好够买一块面包。

　　天亮了，安迪看了看手里的手绘钞票，准备到小镇拐角胖婶面包店买块面包，但他又有些犹豫。

　　胖婶长着一张凶恶的面孔，尖酸刻薄，彪悍强势。有几次，安迪从她的面包店经过，都听到她大声呵斥着她丈夫的无能，没有一次听到她丈夫敢回应的。

　　咕咕叫的肚子还是战胜了胆怯，安迪鼓足勇气，大踏步向面包店走去。在死亡面前，面子分文不值。

　　胖婶接过钞票认认真真地看着，安迪紧张得有些呼吸困难，他担心胖婶像打她丈夫一样，一巴掌把他呼出去。

好在胖婶没有发现什么问题，她把钞票小心翼翼地放到抽屉里，递给了安迪一块面包。安迪成功地骗过了胖婶，他没有一丝负罪感，甚至有些快感，他想她的丈夫知道了肯定也会高兴。

安迪飞快地回到了家，把面包一分为二，给了母亲一半。母亲拿着面包，问他从哪里来的，安迪撒谎说是自己捡废品换钱买的。母亲紧紧地抱着他，心里一阵酸楚，忍住了眼里噙满的泪水，没有让它滑落。

以后，只要家里断炊，安迪就画一张钞票，到胖婶那换面包度日。胖婶的信任，给了安迪无限憧憬，他相信自己有绘画的天赋。

于是，安迪开始勤奋地绘画，从身边的锅碗瓢盆、鸡猫猪狗开始画起，越画越多，越画越有感觉。后来，安迪把画拿到集市，换回了真的钞票，他欣喜若狂，第一时间用真钞在胖婶那购买面包，胖婶依然认认真真地看了下钞票，小心翼翼地放进了抽屉。

安迪细细地、慢慢地嚼着面包，他第一次尝出了面包真正的味道，好香好甜。

长大后的安迪，考取了州画院。天赋加上勤奋，让安迪的画艺突飞猛进，他被送到世界艺术中心巴黎深造。

深受磨难的安迪艺术风格多变，无论是油画、素描，还是版画、雕塑，在艺术创新上，他爆发出惊人的活力。独特的画风，冲击着人们审美疲劳的视觉。

安迪成名了，他的画开始被达官贵族们热捧，他们为客厅里悬挂有安迪的一幅画而欣喜若狂。这些在财富旋涡里的富人们，因为安迪开始显摆艺术。

财富和名利双收的安迪，心中总有一个挥之不去的阴影，他时时会想起胖婶，那个尖酸刻薄却又让他得以温饱的女人，他要还债。

安迪回到生他养他的小镇，按照记忆找到了胖婶面包店所在地，却发现这里变成了一个宽大的广场。原来，一场战乱让胖婶的面包店损毁严重，无法再做生意，胖婶一家自此流离失所，杳无音讯。后来政府在这里修建了一个广场。

安迪很是失望，这个债不还他会一生不安的，胖婶到哪里去了？

安迪的名声越来越大，已经成了世界顶级大师。他仍不忘寻找胖婶，多方打听仍然无果。

有一天，安迪正在绘画。一个仆人通报，说有一个老奶奶找他，安迪让仆人带她进来。见到老奶奶，安迪大吃一惊，这个老奶奶居然是胖婶，不过现在已经变成胖奶奶了。

安迪兴奋地拉着胖婶的手说，我找你找得好辛苦呀。

胖婶说，我也是。

你知道吗？我小时候在你面包店里买面包，用的是我自己画的钞票。

你第一次递给我的时候，我就知道。

那你当时为什么不揭穿我？

如果我揭穿了你，你和你妈妈就会挨饿。

安迪看着胖婶，发现她是那么和蔼可亲。他迅速开出一张巨额支票，递给胖婶说，这是我对您的补偿。

胖婶推辞说，先生，别这样，你先听我说：自从我的面包店被炸毁后，我们一家四处流浪，饥寒交迫时，我听说你出名了，就拿着两张你手绘的钞票出售，居然换了一笔不菲的钱。就是这笔钱，让我一家人度过了最困难的时期。后来，我又卖了几张，在州里开了最大的一家面包店，赚了一大笔钱，现在生活得体体面面。

说完这些，胖婶把一张安迪手绘的钞票递给他说，这是最后一张，我还给你。

安迪接过自己手绘的钞票，目瞪口呆，世上的因果轮回让他缓不过神来。当他抬头时，胖婶已经走了。

安迪离世后，他的画疯狂地涨价，拍卖价格屡破纪录。但任何一张画的拍卖价格，都没有超过他手绘的钞票。

墨　缘

练建安

夕照汀江，晚霞绮丽。墨缘子手持《梁野散记》，端坐于半山庭院，紫薇花随风摇曳。他的心情很好，他想起了白居易的一句诗：独坐黄昏谁是伴？紫薇花对紫薇郎。

墨缘子原为潮州府通判，致仕回乡，与当地富贵人家过从甚密，又组建汀江墨会，自任会长。传闻半山庭院是他以润笔之资兴建的别墅，时有文人雅集。

老仆蹩足走近。

"先生，有客求见。"

"不见。"

"客人穿着绫罗绸缎的。"

"俗。"

"他要重金求字。"

"哦，得有机缘。"

"先生，您见见不就知道啦！"

"好吧，引入书房。"

当客人被老仆领进墨海书房时，大为震撼。偌大书房一面开窗临江，三面悬挂仿张旭狂草，笔走龙蛇，气势磅礴。客人或许不知道，张旭狂草、李太白诗歌、裴将军剑舞并称为大唐"三绝"。

此时，墨缘子站立中央，左手握拳抄背，伸出右手两指，兀自在空中比画，时而舒缓，时而迅疾，时而刚柔并济。老仆连声叫唤先生，墨缘子缓缓收势，似笑非笑。

"哦，有客，上香茶。"

客人看似年近不惑，微胖，富商模样，满脸笑容。

客人谦恭落座。墨缘子微闭双眼，一言不发。

江风拂来，狂草纸张哗啦作响。

岭上有山歌对唱。

女声袅袅动人：

新买扇子七寸长，一心买来送情郎。

嘱咐情郎莫跌撒，两人睡目好泼凉。

男声高亢悠远：

河边杨柳嫩娇娇，拿起桨板等海潮。

阿哥摇船妹泼水，船浮水面任哥摇。

墨缘子沉醉其中，自言自语道："此乃天籁，《诗经》遗风乎？风雅颂，赋比兴也。"

良久，客人起身，说："家母八秩晋一，求先生您赐一个寿字。晚辈愿奉上润笔纹银千两。"双手奉上了一张"大清宝钞"。

墨缘子笑了："年轻人，笔墨有情，讲究一个缘字。"

客人急了，从怀中再掏出两张银票，共计三张，三千两，毕恭毕敬放在书案上。

墨缘子眼角一瞟即收，扭头面对老仆说："有道是，百善孝为先。书艺，当弘扬人间正道嘛。"接着，墨缘子亲切地拍拍客人肩膀，柔声道："年轻人哪，孝心可嘉嘛。去，研墨去。山泉水为佳。"

接下来的事就简单了。客人研墨铺纸；墨缘子拈起狼毫斗笔，龙飞凤舞，酣畅淋漓，一气呵成。老仆持蒲扇风干纸墨，墨缘子用章，客人手捧宝物满意归去。

卧龙书院邱山长，能文善书，坊间传闻其书风直追二王，飘逸有书卷气。富商登门拜访，以千两纹银购得其一笔擘窠"寿"字。

汀州城另有著名书家罗风子，避而不见。

罗风子出身耕读人家，幼承庭训，及长，远足八方，从游曼生、猿叟诸家，得真传。还乡后，着意碑版古字，书风奇崛。汀州僻地，处万山之中。芸芸众生，多外行，看不出门道。墨缘子、邱山长号称书坛泰斗，视之为怪，屡屡排挤打压。罗风子亦擅楷书，日常为寺庙抄写经书，有所得，好接济贫苦，好酒，其生计，颇为落拓。

三天后的又一个黄昏，一伙蒙面人闯入半山别墅，洗劫一空后，持铁尺打折墨缘子双腿双臂。夜晚，邱山长从卧龙书院回家，中途消失，不见踪影。

稻香村酒楼，莲峰包间。八仙桌上杯盘狼藉，俯伏一人。

门帘被掀开，进来两个玄衣黑帽腰悬雁翎刀的官差。

为首者道："我是快班捕头邱文德。罗先生，我说，你听。"

邱捕头简述案件因果后，说了三句重话："山匪下手忒狠。致仕官员残废，汀州府不能不管。""邱山长命悬一线。""以德报怨，善莫大焉。"

罗风子犹豫再三，遂独上冠豸山竹安寨，献上贺寿墨宝。老夫人见此，摩挲爱惜，不觉喜极而泣。寨主立马放出了被关押多日的邱山长。蓬头垢面的邱山长蹒跚出寨，他远远看到了孤零零的罗风子，双眼登时噙满了泪水。

寨主之母系乾嘉年间大书家伊汀州丫鬟，酷爱字画。八秩晋一大寿之前，其子派师爷下山进城重金求得"墨宝"尽孝。不料，老夫人嗤之以鼻。遂有故事奇变。

内心有光

顾晓蕊

 十九岁那年，我进电厂上班，成为一名汽机检修工，认识了师傅章大山。那时对新员工实行以师带徒，他是我入厂后遇到的第一位师傅。

 章师傅也就三十多岁，中等身材，脸阔眉长，平时话语不多，很爱笑，看上去淳朴又温厚。他是检修队伍中的能工巧匠，干起活来细致扎实，有股子拼劲和钻劲。

 他每天很早来到单位，到现场巡查设备，边用抹布擦拭机器，边侧耳细细倾听。他能凭借机器运转的声音，判断其运行状况，及时发现缺陷进行报修。在检修期间，他边干边跟我讲解，耐心地传授技能和经验。

 那一年除夕，遇上紧急抢修工作，忙完已是暮色沉沉。走出厂门时，漫天雪花飘飞，街头华灯闪烁，映照着一地白雪。我低声嘟哝道："这活不好干，可真累啊！"

 "电厂检修工是设备医生，守护的是城市的眼睛。你看那一盏盏灯，多像一双双温情的眼睛。"他轻轻一笑，很认真地说，"有灯光的地方，就有关爱，有亲情，有家的温暖和团圆"。

 这个朴实诚恳的男人，忽然冒出一段很有诗意的话，我先是觉得好笑，继而又一想，心中生出很深的感动。

 进入盛夏，遇到风雨来袭，雨落如瀑，绵延了数日。那些日子，章师傅没有来上班，一周后，他才回到工作岗位。

 在现场干活时，我无意间碰到章师傅的胳膊，"哎哟……"他发出一声痛苦的低吟。我扭头望去，只见他捋起衣袖，手臂上有大片血痕和瘀青。

 我忙向他道歉，忍不住问道："师傅，你怎么受伤了？"他缓缓说起事情的经过。

前些天省内多地暴雨倾落，多座村庄陷入一片汪洋中，成了一座座孤岛。他作为绿野救援队的队员，主动请战参与抗洪救援。他和队友驾着救生舟，一趟趟地穿梭在被淹没的村庄，解救被洪水围困的村民。

就在这时，忽有一位妇人疾声大呼："快来人啊，救救我的孩子！"

章师傅闻声望去，原来洪水湍急，一个男孩被水流卷走，只露出个小脑袋，在水面沉浮挣扎。他顾不上多想，从小舟上跳进水中，朝男孩的方向游去。

章师傅扯住小男孩，奋力朝回游，将男孩托举到救生舟上后，他却被激流冲向远方。在洪水中漂流的他，幸好被一棵树拦住，身上多处擦伤，队友们合力将其救起。他顾不上歇息，接着投入抗洪救灾。

他说得云淡风轻，我却听得心潮翻涌，不禁追问："这多危险，你难道不害怕吗？"

章师傅微微一笑，说这算不得什么，作为一支民间救援队伍，他和队友们曾多次参与紧急驰援。在地震废墟中搜救被困人员、在山林中扑灭弥天大火、在茫茫风雪中营救走失游客、投身山洪泥石流救灾一线等……

章师傅的话就像一道闪电，划过我的心田，我难以用言语来形容那一刻的惊诧和震动。

我脑海中飞速闪过一丝疑惑，又按捺不住好奇地问他："冒着生命危险，冲向一个个救援现场，你坚持这样做，究竟是为什么呢？"

章师傅凝思片刻，而后望向我，清澈的眸子里泛着亮光，轻声地讲起一段往事。

工作之外，他还是户外运动爱好者，喜欢爬山探险，徒步在青山碧野之间。多年前的一个春日，他来到位于太行山脉的一段峡谷，走进郁郁青青的山林。

那是一片原始野生丛林，他漫步其间，仿佛闯入梦一般的幻境仙苑里。林间古木奇树高耸入云，清泉溪水淙淙流淌，到处盛开着一蓬蓬的花朵，空气中弥漫着芳菲之气。

他原打算走一段路就原路折返，却被眼前奇峻秀美的山景吸引，不觉间走进密林深处。天幕逐渐暗沉下来，待他惊觉想要返回时，却发现自己居然迷路了。

有着丛林探险经验的他，知道黑夜迷途于深山意味着什么。在这荒僻的山林中，猛兽潜藏、毒蛇出没，随时会遇到危险。想到这里，他的内心被恐惧缠绕。

他在幽暗的丛林中，艰难地探寻出去的路，却宛如陷入迷宫。就在他感到万般疲累和无助时，突然瞥见前方林中闪烁着一缕幽光。那一抹温暖的微光，让陷入绝境的他看到了希望。

他迎着光往前走，来到一间小木屋前。他轻轻地敲门，有位老人开门将他迎进屋内，窗口的桌上摆放着一盏点燃的油灯。老人留他暂住一晚，说明天一早送他下山，还热情地为他端来热饭菜。闲谈中他知道了老人的故事。

老人是位护林员，之前他和妻子一起守护山林，后来妻子去世，他将妻子埋在她生前最爱的这片林子里。再后来他退休了，依然选择留在这里，当了一名义务护林员。

老人说守护这片林区近半个世纪，遇到过许多像他这样在深山迷路的人。每当黑夜来临，他便在破旧的木屋里点亮一盏油灯，也是为了给处于迷途中的人以指引。

次日清晨，当绚烂瑰丽的朝霞洒落林间，将山林涂抹成一幅绝美的油画时，在老人的引领护送下，他从深山中走出来。

此后的许多个夜晚，他回想起那次迷路的经历，心底便涌腾起一股暖流，激荡撞击着他的心扉。他觉得自己应当做些什么，恰好看到绿野救援队在招募队员，他立即报名参与应急救援技能培训并通过考核，成为正式队员。此后他一次次深入险境，化身救援使者……

他平静地讲述着，我却听得热泪盈眶，心中弥漫着感动和遐思。

人生本是一场艰难的跋涉，然而只要有光亮，便不会在黑暗中陷入绝境，总能找到前行的方向。如果生活里没有了光，那就做个内心有光的人，照亮自己的同时，亦能温暖世界。

陈　鱼

李伶伶

　　出租车在市京剧团门口停了下来，罗雁忽然有点不想下车。市京剧团门脸跟二十年前一样，没有任何改变，挤在繁华的商业大楼中间显得有点寒酸。当年市京剧团是她最向往的地方，她拼尽全力来到这里，以为能在这里大放异彩，却没想到事与愿违。她离开后发誓再也不会回来，谁想到今天她又来到了这里。这一切都是因为陈鱼。

　　罗雁下了车，走进市京剧团，直接来到排练室，看到陈鱼果然在这里练功。陈鱼没成名时就整天泡在排练室，她的生活很简单，每天除了吃饭睡觉，就是练功练嗓子，没有别的消遣。现在竟然还是这样。

　　陈鱼正在练习下腰。她的身体还是那么柔软，身材也没有太大变化，眉眼还是那么好看，就是比以前更成熟了。罗雁跟她打了声招呼。

　　陈鱼停止练功直起腰，盯着罗雁看了好一会儿，说，你是罗雁？罗雁说，对，是我。陈鱼走过来说，你怎么来了？咱们多少年没见了？罗雁抱抱陈鱼说，想你了，来看看你。走，我请你吃饭去。

　　陈鱼看看排练室的钟说，你等我一会儿，我今天练功的时间还没满。罗雁说，你咋那么死性呢？练功多一会儿少一会儿能咋的？陈鱼说，倒也不能咋的，不过你练功偷不偷懒，观众一眼就能看出来。陈鱼说完继续练功去了，罗雁只能在旁边等她。

　　陈鱼先练压腿，又练踢腿，腿一抬，轻松就越过了头顶，还是那么笔直。她抬完左腿抬右腿，循环往复，从排练室这头走到那头，只一个来回，汗就从额头上淌了下来。但是陈鱼并没有停下来休息，她继续练着。

　　罗雁以前一直不理解陈鱼为什么文戏比她好，武戏也比她好，现在理解了。当年陈鱼是剧团的女一号，罗雁部部戏都给陈鱼当配角，心里很不舒服。

有一回陈鱼生病了，半个月上不了舞台。正好团里要上一部新戏，罗雁找领导申请演一回女一号，领导好不容易同意了。可是排练没几天导演就不干了，说她不行，还是等陈鱼来演。罗雁不甘心，起早贪黑地练功，练了一个星期，又来找导演，求导演再给她一次机会。导演勉强同意，又重新开始排练。没排几场，导演又叫停，说她还是不行。她说，我怎么不行了？我每天练功的时间比睡觉的时间都长，你凭啥说我不行？导演说，练功不是一朝一夕的事，要靠长年累月的坚持，像陈鱼那样。罗雁觉得导演就是偏心，有陈鱼在，她在这个剧团永远出不了头。一气之下她离开了剧团，跟朋友去南方做生意去了。

现在看到陈鱼练功的劲头，她有点汗颜。当年自己练功时若出了汗，早停下来缓口气儿了，哪肯把自己练得大汗淋漓！

陈鱼练完功衣服都湿透了，她去浴室冲了个澡，换了身衣服，然后跟罗雁一起出了门。

罗雁想请陈鱼去五星级酒店吃饭，陈鱼说什么也不肯。罗雁没办法，只好在附近找个小饭馆坐了下来。

服务员送来菜单，罗雁把菜单递给陈鱼说，随便点，别给我省。陈鱼把菜单又推回去说，知道你做生意赚钱了，但今天你是客，我请。罗雁说，别跟我客气，你挣多少钱我还不知道？

俩人虽然二十年没见，但关于彼此的消息，爱听不爱听的也都知道一些。罗雁离开京剧团下海后赚得盆满钵满，结婚后又生了对龙凤胎，人生可谓春风得意。陈鱼呢，守着京剧团，不肯走穴，不肯挣外快，每个月就那点死工资，日子过得跟清水一样。大家都说她死脑筋。

聊完彼此的过往和近况，罗雁说，咱们都奔四的人了，唱得再好也比不过年轻人，总有一天会退出舞台。你就不想趁现在还站在舞台中间，为自己做点啥？

陈鱼说，做啥呀？

罗雁说，我有个朋友，下个月给他母亲办八十大寿，他母亲特别喜欢你唱戏，他说你要是肯去，他给你出这个数。罗雁说着伸出右手食指。陈鱼说，十万元？罗雁点点头。陈鱼摇摇头。罗雁说，这样，你要是去，我帮你说句话，给你再加十万元。陈鱼说，就是一百万元我也不去。罗雁说，为什么？这么轻易就能挣到的钱，你为什么不挣？陈鱼说，你今天来找我就是为这事？罗雁说，对，朋友知道我跟你一起唱过戏，特意托我来请你。陈鱼说，抱歉，我帮不了你，你要是没别的事我先走了。说完真走了。不管罗雁怎么喊，她都没有回头。罗雁心里这个气啊，陈鱼不但自己有钱不挣，还害她损失了一大单生意。

　　事情没办成，罗雁也无意久留，买了当天回广州的机票。她在打车软件上叫了个网约车，坐进车里后，看到司机居然是陈鱼。

　　罗雁惊得下巴要掉下来了，说，你怎么会开网约车？陈鱼说，没有演出的日子，我会开网约车挣点零花钱。罗雁说，我还以为你不食人间烟火呢。陈鱼说，我也是个普通人。罗雁说，你宁肯开网约车也不去挣外快，脑子是不是进水了？陈鱼说，我脑子没进水，我去挣外快卖的是名气，我的名气是老百姓给的。我利用名气挣钱，早晚有一天会把名气败光，也辜负了老百姓对我的喜爱。罗雁说，你就不怕被乘客认出来？陈鱼说，认出来又怎样？我又不能因为他认出我多收他两块钱。我开车挣的是辛苦钱，又不犯法，怕啥？

　　罗雁忽然说不出话。

　　陈鱼的车开得很稳，把罗雁送到机场后就走了。

　　罗雁站在下车的地方，一直望着陈鱼的车走远。她脑子里回想起陈鱼在舞台上铿锵的京剧唱段，心里第一次对她生出一股敬意。

搁　酱

王生文

　　我们墩台上从东到西，一字儿住着四十来户人家。评论起哪家日子过得好、菜里油水足，最权威的恐怕不是队长而是做裁缝的张瑞芬师傅。

　　张瑞芬做的是上门工，吃的是百家饭，因而墩台上哪家哪户的日子过得怎么样，她心里亮堂着。

　　要说，我的心里也亮堂着，因为兄弟姐妹多，又只有父母两人在生产队上工，家里日子自然比不得其他人家。每当同学们聚在一起谈论在家里吃了什么时，我就悄悄走开，好像怕他们又会问到我一样。

　　还真别说，平时我是被同学们问得最多的一个，因为我成绩好，能够解答他们的问题，有时甚至是书本上没有的知识。有一次，一个同学问我一道关于水池要多长时间才能蓄满水的应用题，我很快给他解答了。可身边另一个同学带着满是疑惑的眼神问我："这水池既然想蓄满水，为什么不关上出水管？生活中哪有一根水管出水同时让一根水管进水这样的应用？"我挠了挠头，一下有了答案，对他说："大队机房的那台机器工作时，旁边的水箱不就是一根水管出水一根水管进水吗？"我的话刚好被走近我们的算术老师听见了，他一边连声夸我，一边用手摸了摸我的后脑勺。

　　在场的同学纷纷向我投来羡慕的目光，但一瞥间，我发现蔡幼华投向我的眼光有些异样。再次下课的时候，没想到蔡幼华紧随我走出教室，说是要问我一个语文上的问题。蔡幼华是很少向我提问题的，尤其是语文，如果有哪一次语文考试我考的是第二名，那么第一名准是他。

　　"你说，'舍得吃肉舍不得搁酱'是什么意思？"蔡幼华的嘴角含着笑，明显不像是诚心问我问题。

"舍得吃肉舍不得搁酱"这句俗语我听说过，表面意思我也懂，但我的第一反应是蔡幼华肯定另有所指，比如这俗语的比喻义或是引申义。

"你不会不知道吧？"蔡幼华望了望围在我身边的同学，有些阴阳怪气地说，"你妈就是那样做的，你能不知道吗？"

"我妈做什么了？"我严肃地问蔡幼华。

"我妈说整个墩台上就你家的炒肉丝不好吃、肉汤不好喝，因为你妈舍不得搁酱。"

蔡幼华的妈就是张瑞芬。

"你家吃肉时真的不搁酱吗？"几个跟我要好的同学，纷纷表示不相信。

我这才明白蔡幼华是在借机打压我，但明白又能怎样呢？他妈来我家做衣服时，我妈炒肉丝和做肉汤时真的没有搁酱。不是妈不搁，而是我家一年到头几乎不打酱油的。

几个月后秋冬换季，妈去镇上供销社扯了些灰不溜秋的便宜布回家，准备为我们兄弟姐妹做几件罩在棉袄棉裤上的外衣。在张瑞芬来我家做衣服的前一天，妈照例要去食品所割点肉，我便对妈说："你顺便打一斤酱油回家吧。"

"这割肉的钱都是向你二婶借的，哪来的钱打酱油？"妈随口对我说。

"可是，"话刚说出口，我的眼睛一下就湿润了，"我不想再让蔡幼华笑话我……"

妈听我说出原委后，撩起衣襟替我擦干了眼泪，不卑不亢地对我说："妈接人进门做衣服，要是餐桌上没有鱼没有肉才怕人笑话，酱油有也可无也可，有什么怕笑话的？"

缓了缓，妈抬起头说："你张瑞芬那双手除了会做几件衣服，栽秧、割谷、种菜园哪样比得过我？我笑话你了吗？明天我要是不接你来我家做衣服，你就得上工，就得风吹日晒，就得在家喝清汤寡水。不就肉里面没有搁酱吗，自个心里清楚就行了，值得讲给你儿子听吗？"妈望着前面，好像看得见张瑞芬一样。

那一次，我以为妈会打酱油的，然而，妈似乎在和张瑞芬赌气并没有打酱油回家。

渐渐地，在墩台上"舍得吃肉舍不得搁酱"那句俗语经常被人提起，相伴着也会提到我妈的名字。

　　好在农村形势陡变，鱼肉成了餐桌上的日常菜，要穿什么衣服也大多是去服装店挑选，接裁缝进门做衣服的日子说过去就过去了。

　　就在那一年，我考取了师范学院，成了墩台上第一个走出乡村的人。

　　按乡俗，我家得宴请墩台上的乡亲。这件大事是我妈一手操办的，她花钱像流水一样，从集上买回了充足的鸡鸭鱼肉，还有六只猪前腿。

　　有个乡亲大口吃着卤熟的猪蹄，不顾嘴角流着的黑红的酱油汁，笑着对我妈说："玉珍嫂，这次怎么舍得搁那么多酱油了？"

　　我妈脸上笑得像一朵盛开的菊花，问那个乡亲："好吃吗？"

　　那个乡亲抹了一把嘴角的汁水，连声说："好吃好吃。"

　　"那就好，可不许剩着啊。"妈说着，眼睛的余光扫了一眼坐在另一张桌上大口吃肉的张瑞芬。

　　我悄悄把妈拉到一旁问她："那次您是赌气不打酱油回家吧？"

　　"才不是赌气呢……"妈笑了，有些怪不好意思的，"妈就割了那么点肉，要是搁酱，没准一餐就吃完了，下顿饭我拿什么招待人家师傅？"

迷　醉

徐全庆

　　贾季喜欢给别人讲他见义勇为的故事。见到陌生人讲，见到熟人也讲。熟人早听烦了，可他还是会讲。

　　起初，贾季说这个故事时，情节还会有些出入。这几年没有了，像马三立的相声，无论说多少遍，一个字都不会差的。

　　听得多了，贾季的很多熟人也几乎都会背这个故事了。"那一天，你神差鬼使地走进正义街，否则就不会有那次见义勇为了。"贾季刚一张口，熟人就抢着说。这让贾季觉得很没劲，于是停止了口头上的讲述。

　　但换个场合，这个故事还会继续——

　　正义街是条背街，我平时不从那条街经过，也不从那条街回家，我都会绕远路的。但那天我却莫名地走上了那条街。一定是上天注定的，上天注定要让我成为英雄。

　　我那天不知道在想什么心事，走路时是低着头的，对周边的一切都没太在意。直到王灿号叫着喊救命。于是我看到王灿躺在路边，身上还骑着一个人，正举着拳头打他。王灿一边架起胳膊招架那人的拳头，一边哀求地望着我喊"贾季救我"。

　　我是不喜欢多管闲事的，但这样的事我不能不问。于是我走了过去。骑在王灿身上的人回过头来，我才看清是闫红强。我犹豫了一下，停下了脚步。闫红强是有名的狠角色，在那一片欺男霸女，没人敢惹。我当然不怕他，只是不想给自己找麻烦。他这种无赖，一旦招惹上，会天天与你纠缠不清，谁愿意惹这种麻烦呢？

　　如果不是闫红强不识好歹，我也许就袖手旁观了。可他分明不知道我的厉害，错把我当成怕事的人，挑衅地看着我，仿佛在说："老子的事你也敢管?"我岂能容他这样，便毫不犹豫地走过去，一脚把他踹倒在地。他居然敢骂我，于是，我挥起拳头朝他脸上打去。被他打得鼻青脸肿的王灿爬起来，也挥起拳头打他。

闫红强这才知道他根本不是我的对手，爬起来就跑，一边跑一边喊："你等着，我和你没完。"我才不等呢，我现在就要没完。于是我追了过去。王灿平时被他打怕了，腿有些软，但看我那么勇猛，知道有我在他不会吃亏的，也追了上去。

我们再次把闫红强打倒在地，我骑在他身上，像武松打虎一样打他。我的拳头，哪是一般人能受得了的，他立刻就求饶，说再也不敢惹我们了。

我本来还后悔我的冲动，怎么就动起手来了呢?我平时可是低调的人。但我很快欣慰起来，因为闫红强从此见到我就躲着走。我把他打服了。重要的是他不再欺负别人了，我算是为民除了一害。

贾季又在讲这段故事。贾季讲得眉飞色舞，不时地还秀一下自己的肌肉。两个听众满脸都是崇敬之色。

贾季正讲到兴头上，走过来一个人，是王灿。自从搬来这个地方，他还是第一次见到王灿。贾季的眼睛迷离起来，慷慨激昂的语调也打了蔫。

王灿说："不对，你当时根本不敢上前。闫红强还说：'他刚才还被我打得叫爷爷，他敢过来?'闫红强说这话时分了神，被我掀翻在地。我压住他的身子，你才跑上前的。"

贾季说："你胡说。我说的都是事实。"

"事实是你是个胆小鬼。"王灿语气坚定。

贾季看着王灿，竟有些恍惚了。王灿说的他好像有点印象，却又似乎不是那样。

王灿说："闫红强那时最喜欢欺负的人就是你，不是我把他打倒在地，你敢上前?"

王灿这样说时，又来了几个人，都是贾季的熟人。自然也是听过贾季故事的人。他们脸上都显出极大的兴趣。

闫红强喜欢欺负我?贾季的脸上现出困惑的神情。这么多年了，闫红强在他的记忆里是断断续续不连贯的，他记得最清楚的就是上面的片段。可王灿的话让他想起了一些什么，模模糊糊的。

他拍了拍脑袋使劲想。终于想起来了——

那天，他因为挡着了闫红强的道，被闫红强狠揍了一顿。闫红强扬长而去后，他坐在地上沮丧了好半天。回去的时候他没敢走平时走的路，因为闫红强刚才走了那条路。他于是绕上了正义街。他沮丧起来，喃喃道："这不是真的，不是真的，我一定记错了。"

"贾季，把那故事再给我们讲一遍呗。"一个熟人说。

贾季突然冲上去，把王灿扑倒在地，一边挥拳砸向他，一边说："你对他们说，你刚才说的都是假的。"

王灿瞪大眼睛："你居然敢打我？"

"我不敢？"贾季说着，又秀了一下胳膊上霸气的肌肉。

可那肌肉却不自觉地哆嗦了一下，恍惚间，他觉得以前似乎真的很怕王灿。

生与死

彭　震

在医院里，414 号病房，是个不太吉利的病房，虽然大家不说，可只要一进了这个病房的人，就都明白，离生命尽头不远了。

正因为如此，那些进了医院的危重病人，大多不乐意去 414 号病房。可也有例外的。雪红是个癌症病人，晚期，光手术已经做好几次了，这次复发，医生说她仅有三个月的生命了。当初把雪红抬入 414 号病房时，雪红就明白，自己已经进入人生的弥留阶段。

雪红对这个不吉利的病房并不是特别在乎，人的生死怎么能跟病房的数字有关呢？雪红住进医院的时候，病房已是人满为患，没有别的病房可进了，所以，大家就把雪红抬进了 414 号病房。

414 号病房可以住三个病人，可雪红进来的时候，却只有她一个人。雪红不在乎，她还曾跟医生开玩笑，说这 414 号既然是死亡病房，那何不改成 888 号病房？或许一改，大家就乐意住进来了。

大概雪红的建议挺好的，被一直反映到医院领导那里，领导顺口一说，那就改成 888 号病房吧。随后，404 号病房便被改成 888 号病房，叫得久了，大家习惯称这个病房为 38 号病房。即使这样，也没有人肯进这个病房的门。

按医生的说法，雪红的癌细胞已经扩散到了全身，肺部、肝部，甚至大肠都进驻了癌细胞，手术都没人敢做了。即使这样，雪红还是那么乐观，每天嘻嘻哈哈的，一副乐天派的样子，倒不像是一个晚期的癌症病人。雪红的家人经过不断的努力，最终，还是想让医生再给雪红做最后一次手术。如果这次不能根治，那么，雪红也就可以放心地走了。

雪红乐观，活下去的欲望还非常强，对医生的要求也十分配合。医生常说，雪红是个危重病人，她能活这么久，已经是一个奇迹了。

整个病房区，大家都被雪红的乐观感动着，所以说，虽然雪红自己一个人一个病房，可每天来她病房串门的人络绎不绝，人们都对她说着些祝福的话，希望她能好起来。

突然有一天，雪红的病房里抬进来一个人，年龄跟雪红相仿，也是一个美丽的姑娘。雪红看到有人跟她做伴，由衷地笑了，没想到，还有不怕死的，敢跟她一块住进这死亡病房。这个姑娘进来的时候，跟进来了一大堆人，全是姑娘的亲戚。听她这些亲戚说，姑娘想自杀，吞食了一大把安眠药，幸好发现及时，才从死亡线上把她救回来了。

雪红听罢，几乎是笑了，一个病房里，一个是绝症病人，想生；另一个是健康的人，却想死。看那姑娘，面容是美丽的，大概是药力的作用吧，此时，她紧闭着双眼，像一具尸体。雪红问她身边的一个亲戚，亲戚说她是病人的母亲。雪红听了，说："挺好的一个人，为什么选择死亡呢？像我吧，是个身患多种癌症的病人，已经做过多次手术了，还是想活呢。"母亲介绍说，姑娘叫红雪。当她说到此，雪红几乎笑出了声，我叫雪红，得了绝症却想活；她叫红雪，身体健健康康的却想死，世上真有这么巧的事？干脆给她改名吧，就叫雪红，像我一样，面对病魔不低头。母亲继续说，这红雪自小就养成了不认输的习性，结果，走向社会后，四处碰壁，工作一年换了五六个，仍然不能满意，后来，找对象，还是谈不成，结果，便产生了轻生的念头。母亲说完，泪流不止，口里一直嘟哝着，"她才20多岁，今后的日子还长呀，怎么就这么想不开呢？"雪红虽然同情，可面对如此凄惨的场面，雪红也是无能为力。

红雪醒来的时候，雪红已经被推进了手术室。这次手术非常棘手，近10个小时才完成，医生说，雪红的内脏里面癌细胞都布满了，这次手术根本根治不了雪红的病，说着，医生叹了一口气，"多么好的一个姑娘，才20出头的年龄，正是太阳升起的时候，怎么就得了这种病呢？"

雪红被推进了38号病房，红雪也看到了雪红，雪红朝她微笑，她也朝雪红微笑，两个病人算是认识了。雪红注意到，自从红雪住进病房，母亲一直守候着红雪，甚至一步不离，母亲怕红雪再干那种傻事。

雪红的身边也围满了人，虽然雪红刚做完手术，可她身边的人有说有笑，就是雪红的亲人也是如此。而红雪那边恰恰相反，除了母亲一直在问候之外，红雪就一直缄默，不吐一个字。到了吃饭的时候，无论母亲怎么劝，她始终不吃一点饭，看来，想死的决心非常大。

雪红本来想劝一下红雪，可当她看到这种情景时，就觉得，这种人劝是没有用的。可采取什么方法能够挽救红雪呢？

第二天医生查房，当医生把雪红的上衣揭开，雪红的胸平平的，再摘下胸罩，上面青筋盘根错节，伤痕累累，雪红的双乳早已经被割去了。这一幕被红雪看到了，红雪的心里一动。医生继续给雪红脱裤子，肚子上缠满了绷带，医生揭开绷带，看了伤口情况，问伤口的感觉，雪红一一作答，就像学生认真回答老师问题一样平常。

医生问完了，雪红对医生说：医生，根据现在这个情况，你看我还能活多久？医生摇了摇头说：雪红姑娘，我们知道，你是一个坚强的姑娘；如果正常的话，能活半年。雪红笑了，说：我看我大概没有那么多的运气吧。医生还是说，保重吧，活一天就要幸福一天。

红雪住进病房一周了，仍然不吃东西，就依靠点滴维持身体状况。而雪红的病情开始恶化，她已经吃不进东西了，可每到了吃饭的时间，她仍然要吃东西，哪怕只能吃上一口。她说，如果能吃上一口，就有可能再多活一天，能多活一天就赚一天。可见，雪红的意志是多么顽强。

有一次，屋里只有红雪和雪红两个人了，雪红要吃一块蛋糕，由于伤口疼痛，她用手去拿，却怎么也拿不到，红雪看到了，连忙下床把那块蛋糕拿给了雪红。雪红说："谢谢。"红雪说："应该的。"这是她们的第一次对话。

还有一次，雪红的母亲给雪红买了一些雪饼，雪红拿起一块，交到红雪的手里，说："这雪饼很好吃的，吃一块吧。"红雪接过来，竟然奇迹般地吃了一块雪饼。

自此，红雪开始吃东西了。

然而，三天后，雪红就不行了，昏迷后再也没有醒过来。

送走了雪红，红雪一下子从床上跳到了地上，把母亲吓了一跳，问她怎么了？红雪说，出院，我要好好活着。

那天，红雪走出了死亡病房。

鱼鹰王

纪 墨

哒哒哒，马达声轰鸣，三码车在公路上疾驰。鹰排子上鱼鹰并排而立，像一排排士兵笔直站立，似乎准备去战斗。

郄五爷在孩子们的搀扶下，坐进了奥迪汽车。前面三码车载着鱼鹰，也载着大家复杂的心情，直奔白洋淀边而去。

郄五爷让东子、辰子两个儿子从外地回来，一定要看他放一回鱼鹰。电动三码车拉着鹰排子。鹰排子就是放鹰用的船。鹰排子两头尖，船底突出呈三角形，有一个大船舱，可以盛放鱼。一般一个鹰排子盛放三到六只鱼鹰。还有两根横木，鱼鹰就站在横木上。

三码车穿过公路，行驶在乡间的小路上，很快就来到了烟波浩渺的白洋淀边。放鹰前有一个必备的工作，先用皮条草劈成的细丝把鹰脖子扎紧，俗称"扣箍"，是为了让鱼鹰捕鱼用的，不能让它吞下任何小鱼，甚至连水都喝不了，不然它吃饱就不逮鱼了。鹰都是经过训练的。辰子、东子也一起来帮忙。

五爷摸了摸白珍珠，白珍珠是我们这一带的鱼鹰王。它的头顶有一处白，像一个白色的珍珠一样，所以郄五爷管它叫白珍珠。它可是有着辉煌的战绩呀，在郄家务这个村儿，每次出去，它的收获最大，给五爷带来无上的荣誉。白珍珠今年12岁了，已经步入老年，别看它才几斤重，但是它能捉到体重是自己几倍的鱼。它捉过的黑鱼、大鲤鱼，数不胜数。甚至还捉过黄甲鱼呢！

郄五爷把鹰脖子扎紧，二十几只鱼鹰就像游泳健将一样，很快就扑到了水里。看，是白珍珠和另一只鱼鹰，它们俩在争夺什么？五爷划起桨飞快地朝它们奔去。啊！黄辣丁（一种昼伏夜出的无脊椎鱼类）！两只鱼鹰在厮杀，你争我夺，好不热闹，那只鱼鹰明显就不是白珍珠的对手，逐渐败下阵来。黄辣丁被白珍珠抢到。嗯，这个黄辣丁不小，能有三两多。上货啦！郄五爷用嗨（一把长柄回子，用来捞起鱼鹰）在水面上轻轻一杆，将白珍珠搭到船头。它卖乖地挨近郄五爷，将黄辣丁吐在船舱里。

哇，又逮到一条大黑鱼。辰子高兴地呼喊！

郄五爷用嗨接住黑鱼，顺便抚摸了一下它的喙！加油，白珍珠！

哦哦哦，喊叫声此起彼伏。这是大家的吆喝声。竹篙拍在水面上，搅起白花花的一片水。鱼鹰拍水的声音，跳入水中的声音，连成一片。

黄甲鱼！郄五爷惊呼了一声。放鹰既怕黄甲鱼，又希望遇到黄甲鱼。黄甲鱼又叫猴鱼、黄钻！它非常凶猛，普通的黄甲鱼就有七八斤，看这条个头不小，得有十几斤！它游水的速度非常快！这是鱼鹰的强敌！可是白珍珠一点儿也不怕！它向黄甲鱼扑去。它知道自己不如它游得快。白珍珠蹿出了水面，一边划水一边飞起来，速度就很快了。白珍珠和黄甲鱼战斗在一起，上下翻飞，一会儿进入水里，只看见激起一朵朵浪花，一会儿它俩又浮出水面。好，白珍珠叼住了黄甲鱼的腮圈软骨。可是要把这么重的大鱼弄出水面，也不是很容易的事儿。东子赶紧轰来其他鱼鹰帮忙。几只鱼鹰齐心协力，把大黄甲鱼拖出了水面。

战斗结束了，鱼鹰们在一边晾晒翅膀，五爷看看它们，瞅瞅两个儿子，看着白洋淀，抽起了旱烟。老将出马，依然宝刀不老啊！郄五爷爱抚地将一捋白珍珠的羽毛。可是我老了，鱼鹰捕鱼的绝技失传了。你们谁也不想留在老家。说着，郄五爷的眼角淌下两滴浑浊的泪。

两个人面面相觑。爹！我们……

我12岁就跟着你爷爷放鱼鹰，今年70了，还能活几年。我知道，放鱼鹰不挣钱，你们都往外跑，都稀罕外边的天地。前几天，景区让我去表演鱼鹰捕鱼，我还不愿意。我这心里矛盾啊！希望你们回来，守住老传统，老技艺。这么美的白洋淀，这是咱们的家啊！

爹，给我们一段时间，让我们慢慢接受，急不得。

好吧！

郄五爷叹了一口气。儿子都走了，白珍珠生病了。老伴走了以后，这些鱼鹰就是他的伴儿。这么多年，白珍珠壮实得很，一些小毛病，郄五爷自己就会看。估计是有点着凉。他把三黄片碾成末儿，用水沏开，给它灌了下去。

　　郏五爷躺在大炕上睡着了。马上立冬了，他想等白珍珠好了，再一起去白洋淀。要是哪天不去，总感觉少点什么。

　　晚上郏五爷做了一个梦，梦见儿子们都回来了，家里的鱼鹰又多了，白珍珠带着它的队员们在水面盘旋……

一匹野狼

陈振林

我们和一匹野狼的相遇，是在一个初秋的傍晚。

小车行驶在青藏公路上，视野一片辽阔，一马平川的感觉。开车的是小莫，我和娟子坐在后座。我们三人在一家公司上班，因为工作，会经常开车在两座城市间来往，而我们的路线，只能取道青藏公路。

那匹狼很突然地出现在公路上，就站在我们小车的正前方。小莫的车速并不快，他连忙踩下了刹车，在离那匹狼大约五六十米的地方停下来。

二十多岁的娟子有点害怕，她大叫了一声，立刻趴在了后座上。

"那是一匹野狼哩。"小莫却有点兴奋。

听到小莫的话，娟子慢慢爬起身，探头去看。隔着前挡风玻璃，我们清楚地看到了它的样子——瘦弱，像只剩下了骨架一样，与之前我们所知道的狼的样子完全不一样。它一动不动地盯着我们，像在迎接我们的到来。

"这是狼？不是野狗？"娟子表示怀疑后，竟有点可怜它了。

小莫想了想，将后排座椅上的零食拆了一包，摇下一半窗户，随手扔了出去。

那匹狼看了看那包零食，又看了看我们，然后慢慢走到小车跟前，开始吃小莫扔下的那包零食。那是一包鸡腿，原本我打算晚点饿了和小莫一起吃的，再喝点白酒；这下全到了狼口里。

小车缓缓地开动，狼抬头看着我们，没动。车上的我们很兴奋。娟子说："下次我要多带点吃的来，如果还能遇上这匹可怜的狼，我要让它多尝尝我们人类的美味。"

我为娟子的爱心点赞："好哦，你对那匹狼都有爱心了，肯定不愁找不到男朋友啦。"小莫好像想说点什么，但他最后还是没有开口。

后来我们再次穿行在青藏公路时，娟子真的准备了一些食物要喂狼。

她特意上网搜的，都是适合狼吃的东西，甚至还带了生猪肉，说是给狼补补身子。有时也会有几只卤鸡腿，或是几个三明治，娟子说可以帮它换换口味。而我们总在同样的路段遇见那匹狼，它像是在等候我们一样。

小莫慢慢停下车，娟子就迅速摇下车窗，将准备好的食物投喂出去。

娟子为这匹狼取了个名字，叫"可可"。

来来往往投喂几次后，娟子没有再关上车窗。她说要好好看看这位"可可"。不过半年时间，可可的身材已经慢慢丰满起来，毛色油光发亮。娟子仔细看过可可的脸，它那双眼睛总是半眯着，像在微笑。

"它对我笑呢！"娟子得意起来，"可可还知道感恩啊。它对我好像特别亲热，你们看，它一直不停地摇着尾巴哩。"娟子后来居然不听我们劝阻，大胆地打开车门走下了车去投喂。可可呢，还是用那微笑的眼神望着她，不停地摇着尾巴。

有一次，我们的小车停下来的时候，发现可可身后还站着两匹狼——它带着好朋友一起来了。娟子有些激动，口中不停地说着"对不起，食物带少了"，担心可可的兄弟们不够吃。

但很快，娟子发现，也有其他路过的小车会停下，车里的人像我们一样也会扔下大袋小袋的食物。娟子觉得自己做了件特别满意的事，她说这些狼再也不会挨饿了。

冬天来了，青藏公路上的雪下得很大，有段时间还封了路。公司因此暂停了那边的工作，我们有几个月没有再穿行青藏公路。娟子说她很想念可可，好几次做梦都梦到了它。

但当我们又恢复了那边的工作，再次开着车来到那段路上时，意外地，没有看到我们熟悉的可可。倒是另外两匹狼来了。

娟子有些失望。她正准备把带的食物扔下去时，一直静静开车的小莫突然说话了："别再投喂了。"

"为什么？"

"你有没有想过，我们可能再也见不到可可了。人类的投喂，可能会让它丧失自主捕食的能力，所以进入冬天后，当我们不再来，它就只能在严寒中饿死……"

我们这才想起，小莫当年本科读的就是"动物科学"专业。

　　娟子"哦"了一声，默默地收起了手中的食物，摇上了车窗。她再没有投喂过野狼，但她也不再害怕那些突然出现在车窗外的野狼了。

我们听过獾唱歌

代克仁

  暑假第一天，我和弟弟接到一项特殊任务：夜里去看护花生地。

  晚饭后，我和弟弟出发了。我们在衣兜里装满了奶奶准备的零嘴儿，还带了武器——一面铜锣、一把猎叉，弟弟没忘揣上他的弹弓。

  我和弟弟来到爷爷之前搭建的简易树屋里，约定轮流值守。睡得迷迷瞪瞪时，值守上半夜的弟弟叫醒我："哥，土岗上来了一只獾。"然后他拿着弹弓下了树屋。

  我一个鲤鱼打挺站起身来，朝弟弟喊："别追！"

  "哥，它是个瘸腿，跑不快，我去逮住它。"弟弟已经撵上了土岗。

  我不放心弟弟，抓起猎叉，"刺溜"一下从树屋上下来。我看见弟弟弯着腰在石头和草丛中低头搜寻。

  "你逮不到它的，快回来！"我一边向土岗上跑一边朝弟弟喊。

  "哥，我发现獾子洞了。"弟弟猫着腰，兴奋地叫道。

  快奔到弟弟身边时，我突然顿住了身形。我看见獾在弟弟身后的草丛中倏地昂起头来。这是一只成年老獾，头部有三条白色纵纹，它龇牙咧嘴，紧紧盯着弟弟的背后。就在我要提醒弟弟注意身后时，獾突然向前一窜，朝弟弟的屁股扑去。说时迟，那时快，我手中的猎叉向獾飞刺而去，刺中了獾的一条后腿。獾痛苦地扭过头，幽怨地看了我一眼。弟弟听到身后的动静，转过身来一看，脸唰地一下白了，吓得一屁墩儿坐在地上，哭了起来。

  我和弟弟都清楚地看到——獾嘴里咬着一条土公蛇，獾的尖齿嵌入蛇七寸处。半米多长的蛇身，紧紧缠住獾颈。土公蛇的毒性仅次于奇毒响尾蛇，与眼镜蛇不相上下。老獾即便腿受了伤，也没敢松口，直到土公蛇不再动弹，它才拖着身子转过一块大岩石，遁进了草木深处。

半夜，树屋下传来叽咕叽咕的叫声。我和弟弟探头一看，有两只毛茸茸的小动物在下面兜圈子。

弟弟惊奇道："哪来的两只小狗崽？"

我告诉他："不是狗崽，是獾崽。你看，它们头部有三道白纹。"

弟弟伤心道："它们一定是瘸腿獾的孩子。瘸腿獾受伤了，不能给它们喂食，它们定是饿坏了，才自己跑出来找吃的。"

我突然想起树屋里还有弟弟吃剩的半个猪油饼，就把半个猪油饼扔下去。两只小獾跑过来围着猪油饼打转，用鼻子嗅了又嗅，最终獾弟叼起猪油饼和獾兄一前一后朝土岗上跑去。后面的獾兄边跑还边回头看。

此后每天夜里，两只小獾都会来树屋底下觅食。那些天，弟弟每天晚饭后，临出门时总要揣两张鲜香的猪油饼或是两个松软的大饭团。小獾们不再怕我们了，有时弟弟下树屋喂它们时，最小的那只獾还会用鼻子嗅弟弟的手。但奇怪的是，每次它们吃后总要留一些，衔回土岗上的洞穴。

我和弟弟决定悄悄地跟在小獾们后面，去看个究竟。两只小獾好像知道我们要跟去参观它们的家，跑得飞快，但它们跑一阵后就会停下来，回头望一望，接着再跑。接近一块大岩石后，两只小獾突然不见了。岩石下传来两声稚嫩的獾鸣，紧接着洞内响起一声低沉的獾吼。这里就是獾的家了。我小声告诉弟弟，小獾并没有成为"孤儿"呢。

当晚子夜时分，两只小獾一起出现在土岗边岩石上。当发现田鼠靠近花生地时，它们发出叽咕叽咕的紧急的鸣叫声，一起跑去驱赶田鼠。弟弟高兴地说："哥，小獾和我们一样，也盼望花生丰收呢。"有了獾警后，我和弟弟看护花生地不用轮流守通宵了，只需听到獾叫就起来查看。

十天后的一个晚上，我和弟弟正在树屋上休息，忽然听见獾崽紧急的叫声，爬起来一看，一头大野猪正在吭哧吭哧地拱食花生。

我立马取过铜锣，猛地敲了一下，"喤——"锣声劈开夜色，炸响整个山岗。谁知野猪只是抬头循声张望一下，接着更加卖力地拱食花生，一副毫不在乎的样子。

"喤喤喤……"锣声似雨点，一声盖过一声。"叽咕叽咕……"獾叫如警笛，尖锐又急切。可能是锣声和獾叫影响野猪偷吃的心情，终于，野猪停下了。它抬起丑陋的猪头张望过来，许是看出了端倪，嫌獾崽坏了它的

"好事"，突然间恼羞成怒，气呼呼地朝两只小獾奔袭而去。

两只小獾吓蒙了，躲在樟树后，缩成一团。我握着猎叉柄的手心直沁冷汗，潮乎乎的。空气一刹那凝固，连虫鸣声也停止了。电光石火间，令人匪夷所思的事情发生了。只见草丛突然齐刷刷分开，有一个东西箭一般冲出草丛，"嗖"地一下扑向野猪。

"哥，你看。瘸腿母獾——"是的！野猪的身后，奇迹般地出现了瘸腿母獾，它紧紧咬住野猪的尾巴。"嗷——嗷——"野猪吃痛，哀号着狂奔，像一枚贴地飞行的炮弹，穿过野葛丛，冲出了斜坡悬崖的边缘，和那只母獾一起摔下了深涧。

花生果成熟了，我们开始收获花生。弟弟跑到爷爷身边，扭怩着对爷爷说："爷爷，能不能给獾留点……"

爷爷轻拍弟弟的后脑勺，笑道："留了呢，留得好好的。往年我收花生要先拔苑，摘取花生果，再拿锄头把地翻一遍，捡拾遗落在土里的花生。你看，今年还有半垄地没翻呢。獾是刨土行家，喜欢自己从土里刨食，这样它们才吃得高兴啊。"弟弟低下头，呵呵地笑了。

我们满载收获的喜悦，踏上回家的路途。走出老远，身后传来獾的叫声："叽咕叽咕——"弟弟说："爷爷，你听，是獾在唱歌呢。"

青　檀

马金章

马车出县衙，上了县前街。

仅两辆车，前车装着家用货物，后车是竹席立围覆顶的篷车。

车拐入土地庙街。

这是崇祯七年春二月。知县霍明堂要辞别黎阳，赴任新职。

土地庙街两边站满了恭送知县的人，可车门紧闭，窗帘垂挂。知县怎么不露面呢？众人不解。

车在青石板铺设的路面上"咯噔咯噔"前行。

突然，从梅花巷口蹿出两名手持长矛身着铠甲的兵丁。兵丁蹿到车前，"唰"一下将长矛横在车前一拦。

车夫"吁"一声停了车，呵斥道："你们干啥？胆敢阻拦知县的车。"

"奉土地爷差遣，拦的就是知县的车。"俩兵丁强硬地回答。

此时，一位红颜皓首、长髯如雪、肚圆肩阔、身着官袍、挂着桃木拐杖、土地爷模样的人昂着头走出梅花巷。

"土地爷怎会率兵丁拦截知县的车？"人们好奇，闻讯潮水一样向这里涌来。

只见土地爷走到篷车旁，拿着官腔喊道："霍知县——"

车内没有应声。土地爷抬起拐杖，"咚咚"敲敲车帮催促："霍知县，屈尊出来吧。"

仍无应声。

土地爷猛捣一下拐杖，对着篷车怒吼："霍明堂，别拿土地不当爷，赶快给我出来！"

一个兵丁上前劈手"啪嗒"一声打开篷车门。车内传出一声女子的惊叫。

车里，仅有一位十四五岁的姑娘。她是知县的女儿倩兮。

"你不是想索要买路钱吧?"车夫乜一眼土地爷。

"本土地不怀己私，只为斯民做主。今日，吾要夺回属于黎阳县百姓的财宝。"

众人惊愕，继而哗然。

一位老人上前对土地爷说："众所周知，霍知县勤政克己，德昭功伟。你土地，可不能信口开河啊?"

土地爷盯着老人，喷着唾沫星子说："他霍明堂，何德何能?却为自己立了生祠。我身为本县土地，公办没衙署，私居没家宅，害得我老鼠一样，东躲躲，西藏藏。"

一位青年走到土地爷面前说："生祠是众人自发捐钱悄悄给霍知县建的，可大人知道后坚辞不受，就改为土地庙了。土地爷怎会说出你这样的话?"青年抬手一把将这人的假胡子揪了下来，"你不要扮着土地爷，腌臜霍知县了。"

这位打扮成土地爷的人，竟是刑满释放不久、曾当过土匪头子的张蛮子。俩装扮成兵丁的人，是他过去的小喽啰。

张蛮子劈手从青年手中夺过假胡子，喷着唾沫星子说："昨天晚上，土地爷托梦给我，让我代他问罪霍明堂。霍明堂在黎阳理政这些年，口说一心一意为黎民百姓，实则贪婪成性。"张蛮子将胡子挂在耳上，下巴一抬，扯着戏台上土地爷的腔调喊："他霍明堂，厉鬼样的长指甲，整天刮损我的地皮，刮得我都露出骨头茬儿了。"

有人质问："有何证据?"

假土地脖子一梗，拐杖头一指："证据就在车上。"

俩兵丁用长矛"呼啦"一下挑开了货车盖布。

货车上翻了个遍，没找到要找的东西，俩兵丁又扑向篷车。他们从篷车里抬出一个沉甸甸的木箱。

倩兮疯了一样扑过去，用身子紧紧护着箱子。

假土地用拐杖捣捣箱子，得意地问倩兮："这里面，是搜刮我的财宝吧?"

"不。不是。"倩兮否认。

"不是？打开，让大家看看到底是什么。"

假土地爷一把扯开情兮，俩兵丁用长矛头撬开了箱子。

黑黢黢的一箱土暴露在众人面前。

假土地爷哈哈一笑："果然是搜刮的我的地皮。快快倒出来，看看下面还藏着什么？"

"噗"一声，黑色泥土被倒在地上。俩兵丁扒拉开一看，泥土里藏有两节细细的白骨。

这时，县丞从土地庙侧门走出来。他挤进人群，俯身拾起那两节细骨，举过头顶，看着张蛮子说："这是霍知县在黑山剿匪时，痛失的左手两指指骨。霍知县要将这指骨带回故里，有何不妥？"

假土地爷一歪头，反问道："县丞大人，我问你，前边这辆车，昨天去哪儿了？"

"昨日，本人差两个衙役，随知县夫人去了黑山。"

"去黑山拉了什么？"

"拉了黑山的土，带了黑山的宝。"

"宝藏在哪里？"假土地爷急切追问，"你知道不知道，霍明堂跑哪儿去了？"

县丞向土地庙指了指。

假土地爷对围观的人一挥手："走！去土地庙看大戏了。"

惊奇的一幕出现在众人面前：庙院里，霍知县提着水桶，夫人拿着一把铁锹，正在给一棵刚栽的青檀树苗浇水培土呢。

假土地爷见此情景，扯下胡子，挤出人群，悄悄溜走了。

原来，在霍知县当年率众到黑山剿匪、受伤失掉两指的地方，一搂粗的青檀树旁又长出了一棵青檀幼苗。知县夫人昨天将这棵幼苗挖了回来，想将它移植到故里家庙，以明德显志。霍知县却对夫人说："为官，一草一木也不能贪恋。我履职黎阳五载，带回一抔黑山沃土纪念更好。这棵青檀，就栽到土地庙院吧。"

如今，黎阳土地庙院里那棵青檀，仍枝繁叶茂，苍翠擎天，主干有三四搂粗。

福　报

雨　瑞

　　韩廷之是清代咸丰时期的一位茶商，山东沂州人，四十多岁，早年读过几年书，后因家道中落，只好辍学从商。前些年他都是跑徽州这条线。去年有人介绍说六安的黄芽、瓜片价廉物美，于是他便带着十八岁的儿子于新年之后来到六安。此时，新茶尚未采摘，因此他并没有打算实购，只是想先探探路，看看行情。

　　六安城里的茶行大多集中在鼓楼街一带。全城里做茶叶行当的有二十几家。店面基本上都是沿主街两侧一字排开，多数都是前店面、后厅堂，外带阁楼的结构。

　　韩廷之带着儿子沿着大街一路走来，走着走着，父子二人觉得有些口渴。此时正好行至一家名叫"沁馨斋"的茶行门口，韩廷之便向店里一个伙计道："我二人有些口渴，可否讨一碗茶喝？"

　　伙计连说可以。他将二人让至店后的厅堂，便去沏茶。

　　此时厅堂里有个十岁左右的孩童正在方桌上练习毛笔字，见来了客人，便笑了笑，算是打招呼。

　　伙计沏了壶茶，为二人各倒了一碗。韩廷之端起茶碗，便嗅到一股扑鼻的清香。再看看叶片汤色，碧绿清透，知道这是好茶。便心生疑惑，我们不过是路过讨碗茶喝，又没打算付钱，这伙计为何会沏这么好的茶？

　　正纳闷间，忽听头顶上几声鸟叫，抬头看去，原来房顶的大梁一侧，有一个燕窝，几只小燕叽叽喳喳叫得正欢。正呆瞅间，忽然一只小燕屁股一翘，竟拉下一溜鸟粪来，直接落到了方桌上，离韩廷之的茶碗只有一掌的距离。

　　伙计一见，慌了，连说抱歉，忙过来清理了鸟粪，又将茶碗撤去，换上新的，双手奉上。

那个孩童却在一旁咧嘴一笑，说："客官不要见怪，这窝燕子有点'人来疯'。平时都在外面觅食。只要家里来客了，便都飞回来凑热闹，又是叽喳又是拉屎的。"

"那怎么不把这窝捣了，让它到外面去筑窝？"韩廷之问。

"爷爷不让撵。它们在这上头都好几年了，年年都要生几个小宝宝。爷爷说，它们筑个窝好辛苦，不容易，别难为它们了吧。"

韩廷之点点头，刚喝了口茶，忽见一位六十岁左右的老者自门外进来。老者见到韩氏父子先是拱手一礼，满脸笑容道："二位客官请了！在下姓田，是小店之主。"

韩氏父子也站起来弯腰一揖。韩廷之笑道："在下姓韩，路过宝店，口渴了，进来讨一碗茶喝，叨扰叨扰。"

"哪里哪里，贵客光临，老朽请都请不来呀！"

韩廷之指着茶碗，问道："这茶便是六安瓜片吧？"

"正是，韩老板觉得如何？"

"好茶呀！入口虽微苦，稍稍品味，便有一股清冽甘醇之味环绕于舌根咽喉之间，令人神清气爽，口舌生津。"韩廷之笑道。

田老板一听此言，微微一惊："韩老板行家啊？！"

"不瞒田老板，在下山东沂州人，也是做点茶叶小生意的。"

"是吗？那是缘分哪！幸会幸会！"

韩廷之道："等新茶上市，韩某想从宝店订五百斤瓜片，不知田老板可方便？"

田老板一听，大为惊喜，拱手道："韩老板这是在赏老朽饭吃呀，多谢多谢！"

韩廷之回手一揖，道："田老板客气了。生意交往，乃互利也。就按这品级，您开个价吧。"

"不瞒您说，您这碗里的，是二级瓜片。还有一级和特级的两种。"说罢取出一张价目单，双手递了过去。

韩廷之接过价目单草草看了一眼，笑道："行，那就瓜片、黄芽各订三百斤吧。"说罢从包裹里取出一只小布袋，放在桌上，道，"这是五十两银子，算是订金。余款下次来提货、结算时再补齐。"

田老板大感意外，生意场上少有买家主动要付订金的，除非所购之货是稀缺之物。便问道："敢问韩老板，我们一面之交，素昧平生，您如何就敢将这么多的银子交付于我？就不怕我昧了去？"

韩廷之淡淡一笑，指了指梁上的燕窝道："当然不怕。人会撒谎，但鸟儿不会。它们敢把自己的身家性命托付于您，在下这区区五十两银子，又有什么可担心的？"

两个月后，韩廷之如约前来，按前约付银取茶，带着两车货打道回府。

但令韩廷之始料未及的是，马车在离六安城大约八十里的一处山林遇到了一伙盗匪。这伙人拦下他们，不由分说，将车上的茶篓卸了下来。韩廷之心里暗暗叫苦，心想这下全完了。两大车货没了不说，自己的小命能不能保住还不好说。

这时，一个五大三粗的头目样的人晃晃悠悠走了过来，朝地上堆着的茶篓瞅了一眼，突然冲正在搬运的匪众们摆了摆手，说："别弄了别弄了，放他们走吧！"

众人面面相觑。

韩廷之大感诧异，壮着胆凑近那位头目，拱拱手，小声问："好汉，您这是……"

那人咧嘴一笑，伸手在韩廷之肩上重重拍了一下，道："算你狗日的走运，买的是六安田老板的货。田老板当年于我有救命之恩，这个人情老子得还给他。"

韩廷之这才注意到，地上的茶篓外都用红漆写有"沁馨斋"三个大字。

喝　面

陈慧君

　　面条儿吃之前，一定要先抄一些给别人！

　　临走前，安子娘再三叮嘱安子。

　　今天是安子第一次抬嫁妆的日子。结婚的是本家一个哥哥。大的家具都用车拉着，小的家具就用人力抬，队伍排得越长越好。安子小，也就扛个板凳什么的，最关键的是凑个人场，图个热闹，图个喜庆。

　　果然到了新娘子家，满屋子满院子都是人，面条儿已在锅里翻腾，准备伺候抬嫁妆的人。旁边一个小锅里正做着卤子，卤子是用肉丝、鸡蛋、葱花、香菜等做的。将面条捞到碗里，然后再浇上卤子，香味一下子就出来了，平时哪捞得着这么吃。安子嘴边就流出了涎水……

　　面条儿是稀罕物，平时基本吃不上，只有来了客人，剩下一点，才能轮到安子吃。再就是到了安子的生日，安子娘才从梁上的笾子里取下面条儿来，把虫子筛出来，再卧上两个鸡蛋。安子美美地吃上一顿，就是最大的幸福了。

　　安子娘嘱咐他把面条儿抄一些给别人时，安子是不以为然的，平时都吃不够，干吗还要抄些给别人呢？安子就多了一个心眼，问，为什么要这样做？

　　安子娘说，当年，你二叔就是因为一碗面条儿坏了一门亲事！

　　安子听后就来了劲，嚷嚷着弄个究竟。

　　原来，安子二叔第一次走丈人家，未来的丈母娘给他下了一碗面条儿，安子二叔吃了一半，剩了一半。丈母娘就据此判定安子二叔缺个心眼儿。就把定亲的信物退了回来，亲事就散了。

　　从此，安子知道，面条儿吃不完就意味着缺个心眼子！弄不好还会丢媳妇。

这时，面条儿端到跟前来了，满满的一大碗。安子就想起了娘的叮嘱，也想起了二叔的教训。于是就跟挨着的文明商量，把面条儿抄给他一些。文明正值壮年，饭量正大，三下五除二就抄去了大半。

这次，安子就没缺心眼子。

有时候，安子吃饭，碗吃不干净。娘就又絮叨"跟你二叔学吧，到时候找不上老婆，别说没教过你！"或者说"别说是娘的孩子，咱丢不起那人！"

过了几年，又过了几年。安子到了谈婚论嫁的年纪。那时，安子娘虽已病逝，但娘的唠叨仍在耳边萦绕。

第一次在对象家吃早饭，安子丈母娘端上来了一大碗面条儿，里边也卧着两个鸡蛋，看上去很香。安子也饿了，将娘的忠告抛诸脑后，开始吃起来，结果咽到嘴里才知道这面条儿有问题，有一股怪味。不知是锅没有涮干净，还是用的油炸过鱼虾，反正是难以下咽……

安子看看身边的对象，各方面都无可挑剔……

吃不了剩在碗里，这门亲事就黄了。可是硬吃又实在吃不下去。

这时候，安子就想到了他二叔。这才明白，二叔剩下半碗肯定也有他的苦衷……

这时候，安子再次想到了母亲的话，后悔没有在吃之前，抄出来一些……

于是安子就硬着头皮吃，用了好些工夫终于吃干净了，也吃出来了一头汗。正要松一口气的时候，胃里一阵翻腾，安子就往卫生间跑，可还是晚了一步，吐了一地，出了洋相……

结果亲事就吹了。

安子找到二叔，问当年为啥没吃完面条儿？二叔说，人家没相中咱，明说啊！把面条儿里倒上了煤油，咋吃？实在吃不下去啊！

白　吃

雁　戈

油饼，无店，亦无名。

米市街头拐角处择一空地，支一锅一炉，摆一桌一椅。把糍粑揉成饼状，入锅炸至金黄，捞出，斜倚于锃亮的钢丝架上。待油沥干，入口，刚好。

每次陪成书记打那里经过，我们都要站一小会，买一个刚出锅的油饼，边走边吃。起初，她最爱的是红糖馅儿，说那是小时候的味道，难忘。后来，她却恋上了枣泥和豆沙。两种馅儿，换着吃。而我，独爱椒盐味儿的油饼。那是老板推出的新品，卖得最好。

老板六十多岁，话极少。我们第一次去时，他只是抬眼冲我们笑笑，便把目光拐进身前的油锅里，像欣赏一件即将出炉的艺术品。我说："来两个油饼。"他下巴微扬，问我："啥馅？"我说："椒盐。"成书记跟着说："我要红糖。"老板像是没听清，扭头上下打量着成书记："红糖？"见成书记点了点头，他忙从桌子下面抱出一个装红糖的罐子，略显局促，"红糖得现炸。"说完，他便拧开盖子，把勺子探进了糖罐。那被阳光投在墙上的身影，也像吃了蜜糖一般，快活地晃动起来。

两个油饼，老板只收了我们三块钱，真的是物美价廉。成书记告诉我说，在市里，一个就得三块钱，而且还是小麦面做的。我开玩笑说，把这油饼拿到市里去卖，收入岂不是要翻番？成书记是市里下派到村里的第一书记，也是乡村振兴驻村工作队的队长。我是他的队员。强村富民是我们的共同目标。她斜了我一眼："那这事儿，就交给你了？"我一挺胸，打了OK的手势："保证完成任务。"都是玩笑的口吻，说完就撂在了一边。

隔几天，照例去买了两个油饼，照例扫了三块钱。不同的是，我们要去村委会参加一个会，现炸来不及，成书记只得换了口味。不记得是枣泥还是豆沙，只记得她一路都在夸赞，还说一定要把所有味儿都尝遍。后来，成书记果然尝遍了各种口味的油饼，嘴上说都差不多，其实心里早就锁定了枣泥和豆沙。

转眼到了秋天，县里策划了一个"名优特色小吃"征集活动，入选的小吃可免费上架电商平台。我们不约而同想到了那黄澄澄的油饼。可这油饼，无店，亦无名。报什么名儿呢？坐我对面的文书小唐抬头脱口道："油干罗呗！"

为啥叫"油干罗"？小唐的爷爷给了我们答案。"油干罗"最初的名儿叫"罗氏洗沙油干"。据说是湖广填四川时，罗氏一族从湖北孝感出发经宜昌入川，在一小店购买红糖糍粑以备途中食用，因担心糍粑受潮变质，遂将包有红糖的糍粑揉成饼状，入油锅炸至两面金黄。不想，这外酥里糯的油饼竟成了罗氏族人的最爱。后来，罗氏族人定居于嘉陵江流域，部分族人便以制作售卖红糖油饼为生，并取名为"罗氏洗沙油干"。

到了光绪年间，有个叫罗兴和的族人接过祖辈的手艺，并对之改良，制作出了枣泥、豆沙等口味的油饼，生意红极一时。这年夏天，有位进京赶考的书生在新政码头被大水所阻，因盘缠遗失，只能寄身于一杂货店近旁的窝棚内，靠写文卖字勉强度日。罗兴和每日去码头售卖油饼，必绕道杂货店，故意不慎，任油饼掉落，留给书生以果腹。旁人见状，纷纷叫嚷："油干落了！油干落了！"四川方言中，"落"与"罗"谐音，"油干罗"之名便由此传播开去。

"太好了！有品质，有文化，有历史。"成书记用力握了握拳，一副胜券在握的样子，然后让我把拟报名单公示了出去。

可公示还不到两天，我们就被重重击了一拳。"油干罗"的老板说什么也不肯参加"名优特色小吃"的征集活动，更不愿将油饼上架电商平台。这消息是小唐从她爷爷那里得来的。小唐告诉我们时，吞吞吐吐，一副难为情的样子。成书记让她有什么就直说，她才怯怯地瞟了瞟成书记，轻声说："罗爷爷说，吃白食的，他信不过。"

谁吃白食了？成书记狐疑地瞪着我。我忙把手机递出去，信誓旦旦地说："我每次给的都是三元。不信，你们看。"

"每次都三元？"小唐不由得乐了，"你们还不知道吧？罗爷爷那儿只有红糖油干是免费的。说是为了记住那段历史……"

"哎哟，原来吃白食的是我呀！"成书记赧然一笑，旋即陷入了沉思。

墨之驴

王　咏

　　鲁南胶南县靠近大海，其东南方向有一个边防卫城，叫安东卫，有着完整的城池，守军大约有五百多人。安东卫城的南边，有一个小村，叫墨家村，村民多数姓墨，村前墨大山家里养着一头大黑驴，个头大，力气大，脾气大，嗓门也大，一遇到不合自己脾气的事，它就会"昂昂昂"的叫个不停。白天倒也好说，问题是夜半时分有个蚊子、跳蚤咬它，它也会大叫。这一叫惊醒了鸡鸭鹅，惊醒了马骡狗，它们也跟着叫。好家伙，那一刻，小村狗欢马叫的，就像一个大动物园。

　　这时，被惊醒的村民就会打着哈欠来到院子里骂，这个挨千刀的黑驴，自己睡得足足的，却不让我们睡好。大声骂黑驴，小声骂黑驴的主人墨大山。墨大山听到了，心里也很生气，此时，他总会起来，抽黑驴几鞭子，一边抽一边骂："再叫，就把你卖给镇上杀驴的赵大富！"

　　打归打，骂归骂，那黑驴依旧我行我素，该叫唤还是叫唤。村民忍无可忍，约起来上门找墨大山。墨大山连连向乡亲们告罪。一个村民说："大山，你这光告罪也不行啊，得想个办法。"墨大山想了想，说："要不，我晚上把黑驴拴到大青山上吧，那样，黑驴就是叫唤得再响，咱们也听不到。"村民说："可大青山有狼，你就不怕狼把你的驴给吃了？"墨大山摇头苦笑，说："实话讲，不光老少爷们被那畜生吵得睡不着，我也被它弄得睡不着，狼咬不咬它，就看它的造化了。"

　　傍晚，墨大山就把黑驴拴到了大青山半山腰的一棵歪脖子树上，说："我也是没法子，把你卖给赵大富，我也不忍心，今晚你如果被狼吃掉，只能算你的命不好。"黑驴好像听明白了，拼命挣扎，想摆脱绳子的束缚。墨大山狠了狠心，回家了。

墨家村终于度过了半个安静的夜晚，没有黑驴的折腾，村民们睡得那叫一个香。没想到半夜时分，村前又响起了那熟悉的叫声：昂昂昂……顿时，鸡鸭鹅，马狗骡都被唤醒了，你唱我和的，一起叫唤。村民们一个个又被惊醒，一边骂着一边起身，去打家中的家畜家禽。

墨大山因惦记黑驴，一直没有睡着，一听到黑驴叫唤，他又是高兴又是气愤，高兴的是黑驴没被野狼吃掉，它肯定是咬断了绳子跑回来的；气愤的是，你回来就回来吧，还敢叫唤，这不是找死吗。墨大山起身，去牲口圈抄起一根鞭子，就往门外跑去。

在村口，他看到了他家的黑驴，正在那里昂着脖子，叫得欢呢。墨大山气不打一处来，扬起鞭子就给了它一下。黑驴忍不住疼，就往村前跑去，墨大山就跟在后边追。

黑驴一口气跑到拴它的地方，不跑了，也不叫了。墨大山气喘吁吁地追上它，刚要扬鞭子，忽然间他停住了。

只见距离村子大约五六里地处，有一串亮光，看起来应该是火把，正往墨家村的方向而来。墨大山一下子想起了前不久上胶南城卖柴时，听说来自海那边的倭寇屡次来犯，都被位于胶南县南边的安东卫守军打退。这墨家村离大海不到五里，翻过大青山就可以绕过安东卫城，会不会是倭寇趁黑夜登陆，想翻过大青山，突袭胶南城呢？

墨大山越想越有这个可能，他顾不得什么黑驴了，赶紧往山那边翻。墨大山除了农忙季节，都是泡在山上，除了砍柴，就是采药，所以腿脚特别溜。很快，他就翻过了大青山，往安东卫疾跑而去。

墨大山一口气来到安东卫城下，顾不得休息，气喘吁吁地对守城的兵士喊道："我要找守城的徐将军。"为了防倭寇，安东卫的守军和附近的村子都是联防联动，村民和守军都互相认识，城头守军仔细一看，说："你不是墨家村的墨大山吗？"墨大山回答是，之后说："赶紧开门，我有要事禀告。"

守军禀告了徐将军后，就把城门开了。墨大山进城，见了徐将军，把刚才的事说了一遍。徐将军赶紧亲自带上一路人马，去往大青山唯一一条通往胶南城的小路埋伏，以逸待劳，迎接敌人的到来。

过了大约半个时辰，果然，大青山方向传来了一阵密集的脚步声，偶尔还能听到有人小声的说话声。徐将军和倭寇打交道多年，知道那确实是倭寇的语言。

倭寇进入了徐将军的埋伏圈，徐将军大喊一声："给我杀……"众兵士一起出动，杀向倭寇。倭寇猝不及防，再加上长途跋涉，人困马乏，哪能抵挡得住守军的进攻。他们死的死，伤的伤，全部被歼灭。

墨大山家的黑驴成了英雄，身上被胶南县令亲自披红戴绿，由墨大山牵着，在大街上游行，夸功一日。墨大山也因为养驴有功，被赏赐了二十两银子。墨家村的村民自此以黑驴为荣，再有人嫌大黑驴嗓门高，就有人会说："要不是它的大嗓门，俺们胶南城都不保了。"

榆树坡上的茶摊

赵国洲

榆树坡向南有个小集镇，叫状元桥，方圆二十里乡下人的买卖都集中在那交易。卖葱卖蒜图个新鲜卖相，得早起；卖鱼卖蟹讲价时依据动不动弹为死活分等，更得早起。早些年赶集的多是徒步，肩挑车推，为赶早集，卖家往往在五更就从家里摸黑起程，熟路走了一大阵子，见着天光，刚好就爬上榆树坡。不急了，喘口气，抽袋烟，才觉嗓子冒烟，肚中饥渴。想着能有口水润润喉，多好！那不，真就有一个茶摊。

榆树坡上多生榆树，借靠近的四棵做柱，砍四根乱生的当梁，连出一个难看的不等边方格，上面苫上茅草，做成棚子，托住阳光不使滴漏下来，就成茶摊。棚子里外走动着一个不算腐朽的老头。老头每天要到坡下河水边提来三白铁壶清水，煮开，灌到暖水瓶里。坡不算陡，却很长。坐在棚子里喝茶的客人抬头会发现，白铁壶在老头左手和右手之间不停交换，因负重的不对称让老头暴露出右腿比左腿短去不少，行走就一会儿拐左，一会儿拐右，成蛇行样；走近了，还会听到他的裤管里发出咯吱咯吱的声音，仔细看就会发现他的右脚脖子上露出了一截灰白色，原来他的右腿是白铅做的。

老头的茶摊里有一个青石桌。石面很平整。石桌上有两个暖水瓶和四只倒扣着的黑窑碗。一个竹壳暖水瓶，一个铁壳暖水瓶。竹壳暖水瓶外面被灰填满了细密的竹编夹缝；铁壳暖水瓶能看到花罩里面的瓶胆亮皮，但都不影响倒出的水是干净的。翻过倒扣着的黑窑碗，沙尘覆在碗外，里边黑亮，碗底的一小圈瓷白上还有亮晶晶的水色。竹壳暖水瓶倒出的是白开水，铁壳暖水瓶倒出的是加了茶叶的黄水。白水二分，黄水五分。

茶客说："光靠卖两碗茶水钱就能过日子？"

老头笑了，他拍拍自己的右腿说："假的，残疾人；又不落闲，南来北往的行人，爬上坡，不得想口水喝吗？就摆了这个茶摊。"他又笑着说，"水不值钱，柴草不值钱，就这就够了。"

茶客点头，说："难为了。"喝完便起身赶路。

过了些年，经过榆树坡的这条小道被修成了大道，道上多了口音不同的行人，也多了南来北往的车辆。同样，榆树坡上也多了些接待过往行人的生意人家，都是开着小本钱的饭馆。

老头又加了些老在面皮上和身子骨上，但还能坐在石桌前守着茶摊。茶摊旁边多了个小饭馆，经营小饭馆的是一对年轻人。男的叫豆子，女的叫红女。

榆树坡道边几家小饭馆经营的都是一式的套餐：一碗米饭，配一碗油渣、猪肺杂烩，共两块钱。

天蒙蒙亮的时候，各家小饭馆前的木桩就倚上了驮着麻袋的自行车，马灯挂在棚子的门口，让溜出来的热气熏成一团朦胧的虚影，各家女人吆喝起的拉客声争着响亮。唯有豆子和红女开的小饭馆没有吆喝声，摆在门里门外的桌凳上却坐满了客人。

客人说："你家的油渣香味正，猪肺也洗得白。"

红女说："我家的猪油都是从镇上一天一趟买的，油渣都是新鲜的。猪肺都是自家买回来灌水洗的，不清水去红不下锅烀，味道就好。"

红女家生意好，除了杂烩好吃，还因为门边有老头的茶摊。老头茶摊的石桌上竹暖水瓶和铁暖水瓶换成了红塑料暖水瓶和蓝塑料暖水瓶，漂亮得像金童玉女。红暖水瓶里是白开水，蓝暖水瓶里还是黄色的开水，是茶叶沤的，"茶叶"是春天从榆树坡上采挖的中草药，清火。水和茶都不再收一分钱，只要客人在红女家吃了套餐出来，暖瓶里的水随便喝。

客人说："老爹爹，我要是没在您家的小饭铺吃套餐，也能白喝您的茶水吗？"

老头笑了，说："你就是在那边小饭馆吃了猪肺油渣过来喝茶清胃，我也待见呀。现在孩子自己挣钱了，还用我养活他们？"又笑着说，"天下的水到处流，天下的路到处通，水个个喝，路人人走，能分你水我水、你路我路？天下客人路过一回榆树坡不容易，榆树坡人的声名就被带走了。你不行好，人家会说你好、传你好？"

客人说："榆树坡好，您的茶更好！"

又过了些年，一条公路通过榆树坡，榆树坡成了一个小集市，有了理发店、水果摊、油榨房、杂货店，红女开的小饭馆成了宾馆。豆子和红女分别又上了年纪，只打下手，经营的又是一对年轻的小夫妻。

榆树坡变了，只有那茶摊还在。那个石桌让大理石围了一圈，成了一个平放着的"石匾"，"石匾"里有一个白铁煮水器，一块白牌子上写道：口渴自饮。

客人问："摆茶摊的老爷爷呢？"

豆子说："抗战胜利七十周年，老爸刚好一百岁，他说，'小鬼子，我一条腿又走了七十年！'哈哈一笑，就走了。"

客人无言，走下榆树坡，看那河水，亮亮清清，不知从哪流来；看这条道，悠悠长长，通向远方……

"豆腐张"的夙愿

薛培政

　　温暖的春阳下，滨河公园小剧场热闹非凡。看戏的、听戏的人围了一圈又一圈，不时爆发出阵阵掌声，那阵势比过年还热闹。

　　这天台上的主角依然是"豆腐张"。听着他那高亢明亮、声情并茂、极富感染力的唱腔，台下观众直呼过瘾。那些老年观众感慨地说："'豆腐张'的唱腔，就像陈年老酒一样，有浓郁的老戏味道。听他的戏就是把巴掌拍疼了也情愿。"

　　"豆腐张"本名张丙辰。有观众问起他的职业，老张不藏不掖地笑着说道："唱了快二十年的戏，后来剧团效益差，解散了。当时我已是四十大几的人，再学艺也来不及了，就把祖传做豆腐的手艺又捡了起来，唱戏就成了业余爱好。"

　　20世纪50年代初，张丙辰出生在一个村子的"豆腐世家"。从他爷爷那辈起，家里就做豆腐生意。他从十六七岁开始也跟着爹学做豆腐。时间久了，丙辰爹发现这孩子的心思似乎不在做豆腐上。只要有点儿闲空，他就往镇上的剧团跑，看过的戏曲竟过目不忘，学唱起来也有模有样。

　　"这唱戏能顶饭吃还是能当衣穿？"他爹对他偷偷学戏一百个不情愿，便想方设法进行阻拦。说多了，他权当没听见；逼急了，他就以绝食抗争，爷俩闹得成了反贴的门神。

　　后来这事传到剧团团长的耳朵里。这团长特意登门拜访，一个劲地夸丙辰是唱戏的好苗子，有意要将其收为弟子。起初，丙辰爹死活不答应，剧团团长便三天两头登门做工作。最后，团长提出要把自己的女儿许配给丙辰，丙辰爹这才松了口。

　　丙辰进了剧团，主攻文武小生、须生，多年耳濡目染打下的底子，加

138

上一副天生的好嗓子，让他没几年就成了十里八乡公认的名角儿。

20世纪80年代，无论他带剧团到哪个村唱大戏，台下都是人山人海，不知多少人徒步几十里就为看他的戏。到了90年代末，由于戏曲不景气，剧团陷入困境，自行解散。那阵子，他看着同事一个个改行自谋生路，焦虑得彻夜难眠。

自打剧团解散后，他家里生活就陷入了困境。上有年迈的双亲，下有一双读初高中的儿女，为挣钱养活全家，他又捡起了做豆腐这门生意。每天天不亮，他就起床磨豆子做豆腐，做好了抬到小车上沿街叫卖。

常年风里来、雨里去，虽然苦点儿累点儿，他却不想让家人看到他落魄的样子，每次卖豆腐归来快到家门口时，他就开始哼唱起来。每有空闲，他依然坚持吊嗓子练功夫。遇上当年的观众想听他的戏了，他把卖豆腐的小车往旁边一放，张口就来上一个唱段。看着他整天乐呵呵的样子，旁边有人说："这人心真宽，都落到卖豆腐这一步了，也没见他愁眉苦脸过。"

他笑着对人说道："愁眉苦脸解决不了问题。人这一辈子，不如意十之八九，要多想一二，少想八九。遇到不顺心的事，要多往宽处想，人就变得豁达了。"

一晃十多年过去了。等把父母亲侍奉到老，他们夫妻也被儿女接进市里生活了。

张丙辰一开始不习惯大城市的嘈杂，总是闭门不出。老伴儿怕他憋出病，总是强行拉着他出门随处走走。

那天，两人逛到滨河公园，见老年演唱团正在演出。张丙辰听到音乐伴奏声，心里痒得就像小猫抓一样，情不自禁地上前拿起话筒唱了一段《朝阳沟》。他那韵味十足的唱腔，吸引得园内游人纷纷驻足。一曲唱罢，观众们连声叫好，老年演唱团团长也热情邀请他进团，他却红着脸摆摆手离开了。

知夫莫如妻。那天，老伴拉着他的手说："老头子，这些年也真难为你了，我今天要帮你实现藏在心里多年的愿望。"说完，便拽着他的手走进了滨河公园，让他加入了老年演唱团。

从此，他几乎每天都在台上演唱，就像要把这些年欠观众的戏补回来一样，有时嗓子都唱哑了，仍乐此不疲。在观众口口相传中，"豆腐张"

的粉丝也越来越多，就连过去的老同事也笑他："老了老了，又火了。"

谁料，正当他重新走上舞台、再展当年风采的时候，徒弟张小鱼的一个电话改变了他的人生曲线。

当年剧团解散后，张小鱼跑到南方做生意，等积攒了一些积蓄后，便欲回乡招收艺徒，重建剧团。他了解师傅对戏曲的热爱，未等开班收徒，先向师傅发出了授课传艺的邀请。

接到邀请的那天晚上，他又一次失眠了。经过一番思量后，他做出了一个出人意料的决定——要回乡帮助张小鱼重建剧团。

对于他的选择，家人没有一个赞成的。儿子劝他道："咱们一家终于过上了城里人的生活，大小事又不用您老操心，您想唱戏有舞台和观众，何必再回去遭受那份苦累？"

老伴儿和女儿也随声附和："重建剧团哪是容易的？为啥放着清福不享，非要去蹚那浑水？"

老年演唱团更舍不得这个"台柱子"，想方设法地挽留。可任凭人家磨破嘴皮子，他也不改初衷："俺这辈子把唱戏看得比命都重要，可要让乡村戏曲活起来、火起来，需要一代代人传承。再不抓紧传授，那些老戏曲就失传了。"

次日，他毅然带着行李和衣服，头也不回地登上了回乡的公共汽车。

重　生

孙庆丰

　　有一段时间，护士林晓不经意发现，有一个男人，既不是患者，也不是家属，却总是在病房的走廊里转悠。起初，林晓以为他是推销保险的，或是推销有偿法律咨询的。毕竟，林晓所在的骨科病房区，形形色色的患者都有，有走路或骑电动车不慎摔伤的，也有发生车祸的。

　　头戴旅行帽，鼻梁上架着一副墨镜，一身休闲装。当林晓向同事们描述那个人的穿着特征时，不承想大家竟异口同声地说："我们也看到了。""啊？你们也看到了？我还以为只有我当班时那个人才来呢，你们为什么都不说呢？"林晓说着用好奇的眼神打量着大家。"嗨，咱们病房区每天人来人往，谁知道他是干啥的呢？再说了，咱们每天的工作量这么大，哪有时间去管别的事啊。"同事周倩叹着气回答。

　　林晓低下头仔细想想，也对，病房区到处都是监控摄像头，那个人也只是在病房区的走廊里来回徘徊。怀疑他是小偷吧，一来没见他进去过病房，二来也没听说哪间病房丢失过财物。算了吧，还是干好自己的本职工作吧。林晓从心里劝说自己。

　　可问题是那个人为什么总是来呢？哪怕是推销某种业务，也应该主动与患者家属搭讪啊。有时候，林晓坐在护士站的服务台里，眼睛直愣愣地盯着那个人。那个人好像根本就看不到她，只是在走廊里来回踱着步子，一会儿往某一间病房里瞅瞅，一会儿又若有所思地坐在走廊的椅子上。有那么一两次，林晓也曾怀疑过他是某一位患者的家属，可他却从不在某一间病房外长时间逗留，而更像是一位监狱的看守，隔着门上的玻璃窗户，把每一间病房都巡视一遍。

　　林晓本来劝说自己不要再琢磨那个人了，可最近那个人来得越来越频繁，甚至在林晓值夜班时也能看到那个人。终于，林晓按捺不住自己的好奇心了。有一天值夜班时，林晓径直朝那个人走过去，一把将他拉到走廊的椅子上坐下，像审犯人似的，直接开门见山问他："同志，你为什么总是来我们病房区？这里有你的亲人或朋友在住院吗？"那个人先是抬头盯着林晓看了几秒钟，继而又低下头叹着气说："没有，我就是想来这里看看。"

"看看？这里到处都是患者，人间的悲苦每天都像电视连续剧一样上演，而且每天的剧情都不同，好像永远都不会剧终。你没看到刚才一个车祸患者进来不到十分钟就因抢救无效死亡了吗？我真不知道这里有什么好看的。如果不是为了生活，我发誓这辈子都不愿踏进这病房区一步。"想起这些痛苦的患者，林晓说着便激动起来。

"我也不想总是过来，可我就是说服不了自己，唯有在这里，我的心才是平静的，才不想去琢磨那些烦心事。"那个人说着也激动起来。"平静？你的心是铁打的吗？面对这么多车祸患者，你的心居然能够平静？"林晓越听越觉得这个人说得太离谱了，不对，他的脑子不会是有病吧？难道是从精神病院里跑出来的？最近也没听说精神病院有患者走失啊。

"对不起，护士同志，我刚才的话没有表述清楚，您可能是误会了。我做生意失败了，欠了一屁股债，每天都生不如死。唯有在这里，看到那些遭受车祸的患者从死亡线上又活了过来，我的心中才会重新燃起希望。我说的平静，其实是这些患者让我鼓起了直面困难的勇气。原本我是想一死了之的，可想到那些债主的钱也是他们的血汗钱，就像这些患者心里一直还牵挂着自己的亲人，我就慢慢打消了自杀的念头，开始重新到商海中去打拼。"待那个人抬起头并摘下墨镜，林晓看到他已是满脸泪水。

听着他的诉说，林晓的眼睛也湿润了，这大千世界啊，其实每个人都有自己的幸福与不幸。林晓想到去年自己的丈夫年纪轻轻就因车祸去世，自己是眼睁睁看着丈夫被同事们推出病房的。那时自己不也是因为每天能看到一些患者奇迹般地从死亡线上又活了过来，才慢慢减轻内心的伤痛吗？想到这里，林晓掏出手帕，俯下身子，开始为那个人轻轻地擦拭泪水，边擦拭边回以他坚强的微笑。

要　账

王振东

顾不上吃早饭，老耿就搭乘给工地送水泥的卡车，去凤城找包工头林大头讨要工钱。

公路两旁的树木被卡车飞快地甩到后面，老耿仍嫌慢。他恨不得插上翅膀，立马飞到凤城。

老耿给林大头打了一年工，扣除平时借支的钱，林大头还欠他整整5000块钱。该结工钱时，林大头却卷铺盖跑了。他前后找林大头要过四次，可每次去都扑了个空。最后那次去时，邻居说林大头把他的房子卖了。这次他打听到林大头在凤城的确切住址，就急匆匆赶过去。他现在在给另一个包工头打工。

老耿从老家黄土洼到城里打工已经5年了。他得为正在上大学的女儿和读高中的儿子挣学费。

老耿现在打工的工地离凤城60多里路。卡车快驶入市区时，前面发生了车祸，一辆红色轿车被撞。轿车旁边没有其他车辆，看来肇事车已经逃之夭夭。路过的车辆都像躲避瘟疫似的，嗖嗖而过。老耿隔着车窗望向轿车司机，是一个姑娘，年龄和自己的女儿差不多，满脸是血，仰躺在驾驶座上。他心里不由一紧，大声朝司机喊："师傅快停车，把她送医院，要不然会出人命哩。"

司机不自觉地收了一下油门："你疯了？这种事可管不得，弄不好会惹祸上身的。"

老耿急赤白脸地说："可那是一条人命啊！"

"要救你救，我可不管。"司机一脸漠然。

老耿更急了："你打个颠倒想想，要是咱的家人像这样没人施救，咱心里啥滋味？"

司机心肠软，经老耿这么一劝，动了恻隐之心。他掏出手机先报了警，然后和老耿合力把受伤的姑娘送到了医院。

此时姑娘已陷入昏迷，医生让老耿赶快去交2000元押金。这下可难住了老耿，他愁眉苦脸地对医生说："我兜里只有200块钱。您先救人，我再想办法筹钱。"

医生一副公事公办的样子："医院有规定，不交押金不能抢救。"

情急之下，老耿扑通跪到医生面前："现在分分秒秒都耽误不得，俺求您了！"

医生不耐烦地说："这个我比你懂。但医院的规定，我不能违反。"

老耿急得满头大汗，只好求助司机："师傅，先借我1800块钱，等您再去工地送水泥时，我一定归还。"

司机和老耿充其量只能算半个熟人，虽说不情愿，但看到老耿为救这个素昧平生的姑娘，都给医生跪下了，答应把刚结的运费借给他，但要老耿写个借条。老耿斗大的字不识一个，让司机代写，还说他绝对不会赖账。一个高个儿护士赶忙拿来印油，让老耿在自己的名字上按了指印。

医生这才开始抢救。

病人因失血过多，急需输血。病人是〇型血，医院库存不足，从血站调配，至少需要两个小时。老耿一把挽起衣袖："我刚好是〇型血，抽我的吧。上次给受伤的工友献血时化验过的。"很快，老耿的400毫升鲜血缓缓流入姑娘的血管。

老耿这才放下心来，准备离开医院找林大头要账。高个儿护士拦着老耿，说病人治疗需要不少钱，让老耿赶快准备。

老耿搓着满是老茧的手："这——"

高个儿护士瞪了老耿一眼："这什么？刚才还在求我们抢救你女儿，这会儿不想找钱了？"

"不是。她不是我女儿，我不认识她。"

"她不是你女儿？那你为何把她送医？"

"我是来城里要账的，在路上看见她出了车祸没人施救，就把她送了过来。我念大学的女儿和上高中的儿子马上就要交学费了，现在我兜里一分钱也没有，你叫我咋办？"

高个儿护士好像想起了什么，急忙翻看病人的衣兜，在里面找到一部红色手机。手机显然是病人的。她翻看手机里的电话簿，很快查到了病人父亲的电话号码，便拨通了电话。

大约过了半个钟头，一个手提密码箱的中年男人冲进医生值班室，急慌慌地问："我女儿伤得重不重？"

医生说："病人双腿骨折，面部也受了伤，手术很成功。"说着指了指老耿，"要不是他及时把病人送来，病人就可能因失血过多而休克，情况就不好说了。对了，他还给你女儿输了血。"

中年男人顺着医生手指的方向看去，不禁一惊："怎么是你？"

其实，在中年男人进入病房时，老耿就认出了他，当时还愣了一下，心说咋恁巧？来人是林大头。

没等老耿答话，林大头阴着脸问："这是怎么回事？"

老耿抹了一把头上的汗，一五一十地向林大头说了事情的经过。林大头表情古怪地盯着老耿："没这么简单吧。肯定是你横穿马路，我女儿为了躲你才出的车祸。"

"不是不是，是你女儿自己出的车祸。卡车师傅装水泥去了，要不然他能作证。"老耿急得涨红了脸。

林大头阴阳怪气地说："咋能让我相信你说的是真话？"

"我说的要有半句瞎话，叫我从脚手架上掉下来摔死！"

这时病人刚好从麻醉中醒来。她微睁双眼，有气无力地说："爸，他……是个好人。我是……被别人撞的，肇事车跑了……"

林大头一怔，目光瞬间变得温和起来。他紧紧握着老耿的手："对不起，我错怪你了！"说着从密码箱里拿出一沓钱，塞给老耿，"谢谢你救了我女儿！这10000块钱你拿着。"

老耿双手接过钱，数出7000块钱，将余下的还了回去："我只要你欠我的5000块工钱和为你女儿垫交的2000块钱押金。"说完转身走出病房。

看着老耿已有些驼的背影，林大头心里不由一颤。

二　哥

仲维柯

二哥是我的亲二哥。

学富五车的祖父对二哥的评价极高，说：此孙，面如冠玉，目如星朗，聪察岐嶷，不同凡响！

同样认为二哥不同凡响的还有我的祖母。她膝下孙子、孙女众多，唯独喜欢领着二哥赶集上店、走亲串友。用她的话说，这孙儿人见人爱，花见花开，领着他出门，脸上倍有面儿！

我是在八岁那年认识到二哥不同凡响的。那时改革开放刚起步，人们虽不至于饿肚子，但吃上荤腥很不容易。村头的肉铺里倒有煮熟的猪头、猪蹄、猪下水出售，但那只有家里来了无比尊贵的客人，人们才敢撩开那油腻腻的门帘进去挑上一两块（段）。我们家每年光顾那家肉铺的次数屈指可数。然而，让人意想不到的是，肉铺老板竟在一个阴雨连绵的傍晚上门讨债了。

"您孙儿在我们铺里赊了十个猪蹄儿——你看，这是账目，有您孙儿的签名！"老板边说边打开他那本黑乎乎的账本指给祖父看。

"这么多！"爹闻讯从屋里出来皱着眉头问。

"你娃每天晚上在大街上疯玩，饿了，就钻到我铺子里赊个猪蹄儿啃，这总共是十天吃的！"

登门要账，这在有着"君子固穷"思想的祖父和爹眼里，实在很没面子。最终，在祖父和爹好一番翻箱倒柜后，才总算将肉铺老板打发走——虽然那账总共才五元钱，可在仅靠粮食卖钱、孩子又多的家庭里，委实不是个小数目。

祖父的心情比窗外的天气还糟糕，爹甚至说出"回来打死他"的狠话。我也觉得二哥这回是"捅破了天",胆子太大了——要我,顶多揣家里一两片地瓜干,到街头换一小勺煮熟的螺蛳,深藏麦秸垛偷偷挑着吃。

没过多会儿,二哥从外面回来了,径自钻到他睡觉的小屋子里。还没等到祖父和爹对他进行"二堂会审",他又出了家门。

娘从小屋子里找到一张纸片,交给爹,说,孩子害怕了,不会出事儿吧?

爹接过纸片轻轻念道:"馋魔缠住了儿子的心,让儿误入歧途,不能自拔。今天,儿恍然大悟,深知馋魔之害甚于毒品,若不知悔改,定会身败名裂,不得好死……"

猛听得一个"死"字,娘吓得泪都快掉下来了,急慌慌出门找二哥。

祖父接过纸片,微笑着说,孙儿好文采,这一"恍然大悟",用得恰到好处,妙不可言!

不一会,娘就把二哥找回家了,边走边唠叨:都快把我吓死了,人家倒好,没事儿人似的,跑到厨子家里看做菜呢!

二哥喜欢看厨师做菜,更喜欢自己摆弄菜。

在家里,只要听到娘说"做饭",二哥准会屁颠屁颠跑过来帮忙。一阵摩拳擦掌后,便忙乎开来,他能将土豆丝儿切得像粉条一样细,能将藕片削得像铜钱一样薄,会葱花的八种切法,会单手给冬瓜均匀脱皮……

娘说,可惜喽,俺这儿要是个女娃娃,将来肯定是个巧媳妇。

二哥曾经在县城开过两年菜馆,最后黄了,却不是因为厨艺不精。顾客来了,二哥将几道拿手好菜端上桌。人家正吃得津津有味,他非得让人家评价这几道菜的特色不可。人家若不会评价或评析得不够准确,他会哂笑人家"不懂饮食文化";人家观点若与他相左,他定会据事实力争,不争得对方彻底"俯首称臣"决不收兵。

倘若厨界哪位高人不小心莅临了二哥菜馆,那可就热闹了。二哥会将人家恭恭敬敬请至灶间,求人家手把手教两道好菜;末了,使出浑身解数,做出"十碟八碗"鲁系大菜,陪着高人喝他个昏天黑地。

二哥还有一大爱好,那就是书法。

祖父是乡间书法家,每每看到二哥写字总会啧啧称赞:插笔、运笔、收笔、顿笔,有板有眼,挥洒自如,没个三五年功力真的很难做到,这孙儿上辈子肯定擅长书法,是带着书法记忆来这个世界的。

二哥对书法的痴迷，常人难以想象。

煤油灯下，他习过欧体；电灯下，他练过赵体；节能灯下，他痴迷二王；白炽灯下，他追梦米芾……只要握住毛笔，他就忘记了一切，哪怕是贫穷、饥饿、屈辱、伤痛。

二哥有很长一段时间没有工作，在乡间做农民。村里文化人少，会写毛笔字的更少，若遇上个婚丧嫁娶，着实愁人。可二哥在村里就不一样了：喜帖、喜联，要什么字体写什么字体，要多少就写多少；祭文、挽联，根据需要，自编自写，不把伤感悲情写出来，誓不罢休。在村中，只要提及二哥大名，无人不知、无人不晓——那是村中一支笔！

而今，已过天命之年的二哥被市里的一家幼儿教育机构聘为厨师长，兼职幼儿书法教学，薪金还不少呢。

每天听着孩子们夸美食，看着孩子们规范地提笔写字，二哥的心都醉了——天天给孩子们做饭、教孩子们写字，这工作真不赖！

能将自己的过失开脱得冠冕堂皇，还能将自己的特长在生活中发挥得如此淋漓尽致，而今看来，二哥果真不同凡响。

有风的夜晚

张志明

那悦耳的丁零声是晚上十一点刚过听到的。她不敢确定那是第一声，也许她自己或外边弄出的什么声响，让她错过了第一声。

那是一种特别悦耳的金属丁零声。最初听到时，她还没反应过来，只是潜意识当中觉得好像有点熟悉。

当丁零声又响了第二声第三声后，她才突然想起来，那是他腰带上挂的铃铛发出的声音。

下午跟他一起去分公司办事，她看到他腰带上拴了一个铃铛，走几步那铃铛就会"丁零"响一声。他说他的狗丢了，找了几天也没找到。那是狗项圈上的铃铛，他把它拴在身上，说不定狗听到了丁零声，就会从附近什么地方跑出来。

他是她的同事，也是她的追求者，两人若即若离已经很久。她还在犹豫，那层窗户纸只有她才能捅破。

门外的丁零声不是一直响的，而是隔一会儿响一下，隔一会儿响一下。间隔的时间也没准。

当又一声丁零响过，她立刻确定，是他在门外。

白天去分公司时，她跟他说，爸爸这两天出差了，她家后边那栋楼里有个变态，老是站在阳台上朝她屋里看，看见她就故意咳嗽。昨天夜里那咳嗽声居然在她门外响了好几次。

父母离婚，她跟爸爸两个人住。他出主意让她叫个闺蜜晚上陪她。她说没事，那变态应该不敢再过分。

所以，肯定是他偷偷在门外。

当丁零声又一次响起时，她忽然暗自又气又笑，既然想做无名英雄，你丁零丁零干吗？掩耳盗铃，小儿科，搞笑！门外蚊子多，咬死你！

可是，又一声丁零后，她就心疼了。夜里蚊子真的太多了，她这些天晚上散步都取消了。

她给他发微信，小心蚊子吃了你！

大概十秒钟，他回，啥？

回去吧，我知道了。没事的。

嗯？

傻啊你？到不了天亮蚊子都吃了你了！

我咋了，哪有蚊子？

你傻我也傻？你以为我是聋子？

到底怎么了？

谢谢你了，无名英雄！

深更半夜，你睡迷糊了吧？

我没事，赶快回去！

回哪？我回哪？

不回去拉倒，咬死你！

我回哪呀？我在床上，被你微信吵醒了！

懒得理你，不承认拉倒。

她坐起，套了一件大T恤，轻轻下床来到门后，准备丁零声再响时突然开门。

等了好一会儿，丁零声却再也不响了。

于是她拨他的语音，门外没有铃声响起，他却接了，干吗？

哟，还知道静音呀？

我没静音，刚才就是你发微信吵醒我的。

他说话声不小，但并不在门外。肯定是在回去的路上。

那就一路丁零回家吧。回去数数咬了几个包，明天照价赔偿。她说。

什么丁零——噢，你说铃铛呀！我不用丁零了，你儿子大概被女朋友甩了，傍晚回来了。

切，你儿子，你亲儿子！她关了语音。

知道他回家了，她就放心上了床。

她最喜欢他的就是永远在背后默默地做又永远不说。不像有的人，给

150

你买了一根冰棍就像给你捐了个肾，隔几天不拿出来晒晒就要憋死了一样。

第二天早晨，她给他发微信：一会儿去乡下看妈妈和姥姥，想不想去？

他秒回一个举手报名的表情。

等他拉开她等在路口的车的车门落了座，她就朝他脸上手上一遍遍找，笑着说，我看看咬了多少个包。

他白她一眼，还没醒？这是白天！

行了，谦虚太过也不好。

啥谦虚？我真不知道你昨晚发啥神经！

你才神经，那就烂肚里吧！

你到底啥意思？我去哪让蚊子咬了？点点傍晚就回家了，昨晚我没出去。

她举手制止，好，好，到此为止。你哪都没去，真在家睡觉了。

我去哪了？哪都没去呀！

你聋啊！我不说了你哪都没去吗？

等会儿回来带你去交警叔叔那查个酒精，看昨晚喝了多少！

她抓起前面一个公仔朝他摔去，滚。

在乡下吃了一顿饭，妈妈和姥姥都偷偷对她表达了对他的喜欢。

从乡下回到城里，他下车后绕到她这边跟她告别准备走，她又笑着说，晚上还去喂蚊子吗？

他突然想起来，哎，忘了，走，现在去找交警叔叔。

她伸出脚去踢他，没踢到。就稍稍收了笑，嘱咐道，今晚安心睡觉吧，我爸今晚回来。

不是，你到底啥意思啊？他揪住她不放。

没意思。她盯着他的眼睛，笑吟吟款款道，你是一个好同志。

城里起了小风。回到家，爸爸还没回来。她开门时，身边突然丁零一声响，让她一激灵。

她急忙扭头看，原来是她小时候玩过的一个小狗风铃——一根红绳拴着一个小狗样的不锈钢片，挂在屋门旁边的墙上。

当年爸妈离婚后，六岁的她独自一人睡。有一天爸爸买了这个风铃挂在她的床头。爸爸说，你害怕的时候，只要摇响这个风铃，我马上就会出现在你身边。

慢慢长大，也慢慢忘了这个风铃。原来爸爸一直收藏着，他是什么时候把它挂在门口墙壁的钉子上的？

一阵风吹过，不锈钢小狗便碰了墙，发出一声悦耳的丁零。

她忘了开门，怔在那里。

昨天夜里，难道是风？

对　决

李尚财

　　当谢文擘在擂台上被刘东击倒时，大家从老谢身上看到了英雄迟暮的落寞。

　　谢文擘和刘东皆为武警某部散打队员，一位是武警搏击的一线王者，另一位是从体校特招入伍不到两年的新锐。

　　在体校时，刘东就打遍全校无敌手，并多次获得省、市散打比赛冠军。到武警部队后，为了更好地培养他，上级特地安排老将谢文擘兼任他的教练员，从技术层面和参赛经验上予以辅导。谢文擘是散打队的头号选手，曾斩获世界警察搏击大赛冠军。自此，两人既是队友又是师徒。

　　刘东先天条件好，身高、臂展、技术优势突出，其弱项是身体耐力不够，打击力量偏弱。谢文擘配合主教练为刘东做了"私人定制"训练，重点抓其体能和精准发力训练。经过一年多魔鬼式的训练，刘东完成了化茧成蝶的蜕变，从与队友的对抗训练中，一眼便可看出其非池中之物。用队友的话说，"刘东与冠军的距离就差一场比赛"。很快便有传言，刘东的实力或已超过老谢了。

　　营区旁的枇杷树又挂满了果实。新一届武警部队搏击大赛即将拉开帷幕。刘东早就期盼这场赛事的到来，他渴望通过这个机会一战成名。散打队组织举办了一次资格选拔赛。与刘东同一量级的选手共四名，其中包括谢文擘。由于谢文擘曾获此赛级的冠军，按惯例直接进入决赛。刘东在选拔赛中大放异彩，毫无悬念地将另两名对手打败，最终在擂台上与师傅谢文擘相遇。这一战大家期待已久。

　　战鼓雷鸣，赛场热火朝天。决赛当天，兄弟单位锣鼓队到场助阵，机关直属分队官兵，包括通信站、演出队的女兵受邀观摩见证。比赛尚未开始，台下就分成了两大阵营，高喊"谢文擘加油！""刘东必胜！"随着一声发号令响起，师徒二人的脚步在擂台上旋转了起来，刘东率先扫出试探性的一脚，谢文擘轻松躲过。谢文擘飞出一记高扫，刘东侧身闪过。又是刘东先出手，力拔山兮，竟一把将谢文擘抱摔到地上，两人在地面上又展开了一番力量与技术的缠斗。由于占不到便宜，刘东主动放谢文擘起身，重新开启站立式对决。双方在不停地摇闪中，你来我往，拳脚交加，两个回合下来难分胜负。拐点出现在第三回合，老将谢文擘因体力下降，逐渐露出了败势。见一空隙，刘东转身一个高腿扫到谢文擘脸部，致使其身体失衡趴到护栏上。大家看得目瞪口呆，惊呼刘东"神腿"，同时为谢文擘的状况感到担忧。半晌，谢文擘才缓慢起身，走到刘东跟前与他握手，示意认输。裁判一把举起刘东的手，宣告刘东获胜！谢文擘接过话筒，表示自己输得心服口服，刘东代表散打队参加武警搏击大赛当之无愧，衷心祝愿他梦想成真！

从老谢有些僵硬、尴尬的表情中，大家看到了文中开头的一幕，分不清老谢说的话是真是假。

果然，刘东不负众望，凭借着年轻、激情与满格战力，一路锐挫群雄，摘得这一届武警搏击大赛冠军。

散打队随之开启了"双雄"时代。故事至此发生了转折。刘东回到散打队后，很快就不再将老同志放在眼里，认为他们的教学、训练方法真是"弱爆了"，对新手的训练更是指指点点，嘴上成天挂着"两不行"："这不行""那不行"！别人的表现，在他眼里全不行。大家都说，刘东的尾巴翘上天了。由于他是新晋冠军，大家敢怒不敢言。人家有牛的资本！

谢文擘一如既往地辅导刘东，劝导他、敦促他专注于训练，力争到全军、全国、国际赛事的擂台上打出名次。刘东对老谢的"唠叨"有些厌烦。他其实早就觉得老谢教不了他什么了，只是碍于情面没有说破。可是老谢怎么就认不清这点呢？

"搏击靠的是实力，而不是一张嘴巴！"终于，在谢文擘又一次跟刘东"摆道理"时，刘东积压已久的情绪爆发了。他挥舞着拳头，气愤地回怼："这个才是擂台上的硬道理！"显然在"内涵"谢文擘作为他的手下"败将"，没资格再对他说三道四。

谢文擘先是一愣，而后脸红，接着是感伤与愤怒，他冷冷地剜了刘东一眼，说："走，上擂台！"

没有裁判，没有计时，反锁了训练馆大门，师徒两人再次展开了一场热血对决。不知是因为愤怒，还是纯粹就是蔑视，谢文擘杵在擂台上像一座山，任凭刘东发起一轮又一轮攻击，低扫，高鞭，抱摔，均被老谢轻松地接、化、发。刘东使出浑身解数，仍奈何不了谢文擘，使他尝到了"技术被实力碾压"的滋味。谢文擘则重心稳健，出手老到，招招制敌，打得刘东节节败退，毫无胜算。刘东心里似乎明白了什么，他惊恐地看着老谢……

师徒在擂台上背对而坐。

"你为何将机会让给我？"刘东率先问道。

"因为你还年轻，你比我更需要这个机会。"谢文擘拎起上衣甩到肩后，朝训练馆大门扬长而去。

守村人

刘希千

关于赵二的往事，是奶奶讲给我听的。

赵二是村里的光棍儿，他家穷，父母又死得早，大哥成家后，大嫂容不下他，把他撵了出去。身无分文的赵二成了无家可归的人。

当时正赶上山西煤矿来镇上招工，村里很多年轻人前去应聘，赵二也去了。经过面试、体检，赵二顺利当上了煤矿工人。但没过一年，赵二残了一条腿，又回到村上。同去的人说，赵二是为救他们才残的腿。

说到这，奶奶顿了顿，说："人来到世上，都是有任务的，赵二就是咱村的守村人。"

"奶，什么是守村人？"我好奇地问。

"就是上天派来保护咱村子的人！"奶奶拿起长烟袋，装上一锅烟，点着，猛吸两口。那赵二岂不是神仙下凡，我心想。

"没赵二，咱村那帮挖煤的早死在井下了。"奶奶吐了一口烟，继续说，"有次下井干活，赵二走在最前面。他们走了一段路，赵二突然说不能再走了。问他为啥，他说有危险。人们不解，谁也没看出前方有何异样。可谁往前走，赵二就发疯似的打谁。僵持了约有一刻钟，就听前方轰的一声巨响，大巷塌了。"

赵二被砸折了左腿，别人安然无恙。

赵二回村后，住进了村上的泵站。他没事就在村里闲逛，孩子们见着他就追着喊：瘸赵二，瞎溜达，找不到媳妇成不了家。

赵二听了，也不恼，也不搭理孩子们。

每次遇见赵二，我都会多看他几眼，他身上似乎有股神秘的力量。他见我瞅他，有点不好意思，朝我笑笑。他的笑容太清澈了，像清晨的阳光没有一丝杂质。赶上兜里有吃的，我会拿给赵二，赵二总是红着脸摆手说不吃，疾步走开。

赵二不会做饭，经常饥一顿饱一顿，他经常在村上办事情的人家里蹭饭吃。饭，他不白吃，东家的脏活累活他抢着干。开席时，他不上桌，待客人吃完，他才端些饭菜蹲在角落里吃。事情办完，东家往往把酒席的剩菜剩饭分给赵二，留着他平时吃。

赵二似乎习惯了这种生活。

除了干粗活，赵二也会干别人干不了的细活，比如扎办白事儿用的扎纸和剪办红事儿用的窗花。这是赵家祖传的手艺。办红白事儿，东家会给赏钱，赏钱成了赵二收入的主要来源。

用我奶奶的话说："老天爷饿不死瞎家雀。"

有一年，村里突然没人再用赵二干活了。

彼时，村里连失9把火，警察蹲守好几次也没抓到放火人。有人说放火的人是个瘸子，像赵二。

赵二被警察带走了。

第二天，赵二又被放了回来。他逢人便说不是他放的火，可没人信他，还冷言相讥。他再去谁家帮忙，人家都撵他。

可怜的赵二，像只大型食草动物傻傻地站在办事人家的院外，眼巴巴望着热气腾腾的锅。

赵二瘦了，终日愁眉不展。

后来纵火的人被抓住了，还是赵二向村治保主任何三叔报的案。

何三叔说："要不是赵二及时发现，那人还得放40把火。放火的是邻村的光棍儿，算命的人说，如果他放49把火，就能娶上媳妇。"光棍儿信了，他放完火，就学赵二瘸着腿跑。

背的黑锅卸掉了，赵二有了笑模样，他又开始到处蹭饭吃了。

春节是赵二最忙的时候，村里秧歌队的大龙需要他扎，元宵节的走马灯得他做。赵二扎的大龙非常逼真，龙身上金是金、麟是麟的，龙头上耸着双角，颌下飘着龙须，张着大长嘴，吐着红舌头。特别是到晚上，龙身通体电光，龙眼睛安上手电筒，电光射得老远，耍起来如真龙下界，时而就地翻滚，时而腾空游走在夜幕下，引得众人一片喝彩。

奶奶说赵二的祖太奶是陕西人，一把剪刀，能见啥剪啥。赵二也有这两下子，他剪纸从不打草稿，照实物比量比量，眨眼工夫就剪出来。我看过赵二做的走马灯上的剪纸，灯纸上呈现出各种古代人物，有拿大刀的，有骑马的，有弯弓射箭的；点上蜡烛，灯上的剪纸就一圈圈转起来，像演皮影戏。

赵二给春节增添了无穷的乐趣。

后来，村里年轻人少了，大多去大城市发展，村里过年也没有了以前的热闹，大龙不耍了，走马灯也换成了插电的彩灯。

赵二的手艺成了过去时。

近些年，乡村旅游大火，村上建起了民俗馆，赵二成了民俗馆里的技术顾问，他不但住上了空调房，还有工资拿。赵二开始忙了。

奶奶说："赵二不但守住了村子，还守住了老祖宗的江山！"

南瓜开花

卜　伟

买南瓜的是个高个子青年，背脊挺直，如同一棵白杨。卖南瓜的是个驼背的老人，腰已弯成一张弓。

不知从什么时候起，桥头多了一个卖南瓜的老人，也不吆喝，就站在那里。她走路时两只脚像被拴了一条无形的链条，挪不开，紧紧地蹭着地皮。篮子里睡着南瓜，如果瓜大就睡一个，如果瓜小就睡两个。有时临近午饭时间，她还死守在篮子边，瓜还睡在那里。瓜没卖出去，她就不回家。

篮子里的两个瓜青年都买了。

"这瓜甜着呢，下次包管你还来找我买瓜。"老人说。

"您有微信吗？我身上没带钱。"高个青年问。

"啥？没带钱？"

老人迟疑一下，还是把南瓜放到青年的车篮里。

"没事，瓜你先拿回去吃，我明天还在这。"

"您等我一下，我去前面超市给您换钱。"青年骑着电瓶车向路口的那家小超市飞去。

青年又来买瓜。

老人见到青年就笑。这青年喜欢吃她种的瓜呢，都来买过好多次了。老人已经把他当成一个熟人，想和他多说说话。老人告诉青年，她孙子也像他这样是个大高个，小时候就喜欢吃她种的南瓜。南瓜饼、南瓜泥；蒸南瓜、煮南瓜……他都喜欢吃。南瓜香，他吃得更香。说到这里的时候，老人的眼睛亮了一下，随即就黯淡下去。她叹了口气，像是在自言自语：

"多好的瓜啊，现在怎么就都不爱吃了？还说闻着南瓜味就犯恶心……"老人的眼神越发黯淡了。

"你看看这是多好的瓜。"老人小心翼翼地摸着篮子里的瓜,仿佛是在摸一件什么稀罕的物件。

她种了一辈子的瓜,她种的瓜甜。以前,一家人就指着她种的南瓜生活。南瓜好,既可以当饭,也可以当菜;既可以当主食,也可以当零食。她想不出,还有什么能比南瓜更好的食物。现在,她老了,依然种南瓜。一天不去看地里的瓜,她就难受,就浑身不舒服,坐着站着都别扭。只有在瓜地里,她才感到踏实。瓜地里的风都带着香甜。瓜地里的风是圆的,不知是从哪里滚下来的,从南瓜身上碾过。然后把随身携带的瓜香散落得到处都是。尤其到了夜晚,南瓜地里的各种昆虫一齐鸣唱,头顶上的月亮都是清甜清甜的……

但是,现在,除了她自己,家里人都不再喜欢吃南瓜。扁扁的、圆圆的、像一个一个大磨盘样的南瓜就烂在了地里,碎在她心里。

她又站在桥头,一双浑浊的眼睛,看着来来往往的人。这次她不是卖瓜。她在等那个青年,她要把瓜送给他。毕竟,她卖瓜不是为了赚钱。几个南瓜能赚多少钱!她种的瓜有一个青年爱吃,这是她最开心的事。她浑浊的眼里有了精神。

有个中年妇女朝她走过来,一眼就相中了篮子里的两个瓜。女人说:"这瓜好,一看就是好瓜。"她要把篮子里的瓜都买了。老人结结巴巴地说:"你,那你,只能买一个呢,另外一个瓜我有用处呢。"

"不都卖?"女人显得很惊讶。

"你只能买一个,另一个我要送人呢,他喜欢吃我的瓜呢。"老人说。

妇女是街口那家超市的老板。知道她说的他是谁。她第一次吃她的瓜就是那个青年送的。

那天,高个青年来换钱,还把两个南瓜送给她。

她问:"咋不要了?"

青年说:"我不爱吃南瓜"。

她问:"我刚刚看你在老人那里买的,不爱吃,还买?"

青年说:"买下来,让老人早点回家!"

她不知道青年的名字,只知道他善良。她看着青年,一脸的善意,满心的欢喜。或许这青年的名字就叫善良呢。她分明已经闻到了南瓜散发的甜甜味道。

后来，很多人都喜欢吃老人的南瓜，她的瓜很好卖。毕竟善意是可以相互传递和相互温暖的。

喜鹊登枝

魏咏柏

　　刚进腊月，未家坪家家户户就忙着杀年猪、推豆腐、打糍粑……年味一天比一天浓了起来。

　　秀英是腊月十几到家的，回来没几天，就被爸妈逼着相了好几场亲。秀英一个都没看上。

　　屋旁高大的柿子树光秃秃的，显得落寞而萧瑟。送走相亲的小伙子，妈不解地问她："这个后生长得精神，家境也好，仍不中你的意?"

　　秀英转身往屋里走，说："妈，婚姻这东西，是要讲缘分的。"

　　"二十五六的人了，莫挑三拣四，差不多就行了。"妈埋怨道。

　　秀英不甘心地说："急啥，如今城里的女子，三十岁没成家的多的是。"

　　寡言的爸接过话茬说："就是，二十五六不算大，急个啥哩。"

　　"二十五六还不算大，那我二十岁嫁你时怎还嫌我大?"妈没好气地说。

　　秀英爸只是嘿嘿笑，不再答话。

　　见秀英只顾抿嘴刷抖音，妈叹口气说："看你最后能挑个啥样的。"

　　隔天，秀英幺叔家打糍粑，幺婶一早叫他们过去帮忙。秀英走进幺叔家灶屋时，幺婶正用饭甑蒸糯米，念初中的堂弟戴着一副眼镜，大腿上搁着一本书，坐在灶前默默地烧火。看到秀英，他羞涩地笑着，脸庞被灶火映得通红。

　　幺婶平日里和秀英相处融洽。"秀英，又没相中?"幺婶轻声问她。

　　秀英摇摇头，算是回答。

　　幺婶宽慰她："你长得这么俊，肯定能找个称心的。"

秀英微微一笑，没有作声。

过了一会，幺婶又问："秀英，你是不是心里有人了哇？"

秀英脸"唰"地红了。这几天秀英脑海里确实有个小伙的身影晃来晃去。这个小伙叫什么、多大了、住哪里，秀英一概不知。他们只是从县城到镇里坐了同一辆班车。在车上，小伙帮人拿行李，给人让座位。秀英只瞄了他一眼，便将他牢牢印在了心里。小伙留着板寸，眼神坚毅，身材挺拔。在秀英眼里，就是一个阳光的、温暖的大男孩。说实话，这几天秀英和别人相亲时，总忍不住拿他们和那个小伙相比，这一比，不仅比出了高低，还比出了一丝失落。

当然，秀英并没把这事告诉幺婶，她觉得那不过就是个擦肩而过的陌生人，也许以后都不可能再见了，就当是自己的一个秘密，永远藏在心底吧。

等灶屋里糯米饭熟了，香气四溢时，幺婶喊来幺叔和秀英爸，两个男人把饭甑抬到院里，将糯米饭倒进石臼，然后一人站一边，抡起粑锤砸向石臼里的糯米饭。咚咚咚……粑锤有节奏地此起彼伏，糯米饭越打越细，越打越黏，只一会儿，两人额上就渗出了汗，头发丝上都带着热气。打糍粑是男人们的事，女人和孩子围在旁边看热闹，只有幺婶提着水桶，手上沾着水，男人每打几下，她就给糯米翻下身。

糯米饭完全打成糯米粑后，幺叔和秀英爸紧握粑锤绕着石臼打转，整坨糯米粑慢慢缠绕在粑锤上。只听秀英爸喊一声："起——"两人同时用力，整坨糯米粑被拉了上来。幺婶和秀英妈麻利地扯掉粘在粑锤上的糯米粑，开始箍糍粑。秀英妈将糯米粑分成一个个鹅蛋大小的圆团。幺婶、秀英还有孩子们围拢过来，一起把圆团压成圆饼状，然后整整齐齐地摆在刷过油的木板上。

这种糍粑的吃法很多，可以煎着吃，也可以煮着吃。秀英最喜欢烤着吃。天寒地冻的日子，一家人围着火坑烤火，头顶上是一串串熏得黝黑的腊肉，火坑里是烧得旺旺的柴火，浑身上下暖融融的。秀英把火钳支开，将糍粑放在上面烤。没多久，糍粑冒着热气鼓得老高。秀英拿起糍粑，扯一块放进嘴里细细咀嚼，既酥脆，又绵糯，好吃极了。

秀英吃着糍粑，幺婶对她说："你堂姐昨天还打来电话说，要给你介绍个对象呐。她说小伙人品不错，长得也好，还是个消防员，包你瞧得上。开年后她带过来拜年，到时候你们见个面?"秀英又想起了那个陌生小伙，她拒绝了幺婶和堂姐的好意，现在这个年代靠相亲结姻缘太不靠谱了，还是算了，而且她打算过了初八就回城里上班。

正月初六一大早，秀英一打开门，就听到一阵"喳喳喳"的清脆的鸟啼声传来。循声望去，柿子树上，两只喜鹊立在枝头，不时扑棱着翅膀，间或梳理着羽毛。

"喜鹊登枝，好兆头哩!"妈站在秀英身边，满心欣喜。

秀英没搭话，她来到火坑屋，从水缸里捞起一个糍粑，放在火钳上烤。不一会儿，屋外热闹起来。接着，妈领着堂姐，堂姐领着一个小伙走进来。秀英抬头一看，不由一愣——小伙不是别人，正是让秀英只瞧了一眼便牢牢印在心里的那个小伙!

秀英一时慌乱，拿起烤得鼓胀、喷香的糍粑，递到小伙手上……

资深井蛙

许　仙

有位老先生，天生就是驴友。他刚被孵化出来，仅凭一条小尾巴，就从一条著名的河流，顺着昼夜不息的流水勇往直前。他这是去找妈妈吗？不！他只想离开出生地，离开妈妈。两个月后，他长出四条腿，但长长的尾巴还没有脱落，他就爬上岸，离开河流，深入陆地。他爬过田野、青山和河塘，朝太阳升起的方向走去，永不回头。他一生都在行走，在旅途中生活、成长，经历艰辛和喜悦，参悟生的意义。

七岁那年的夏天，他借宿浙西某个荷塘，趴在一片宽大而又稳重的绿叶上，水面轻轻荡漾着雪白的月光，乡野的夜晚宁静而又芬芳。本塘蛙好客，丰盛的晚宴后，依旧围趴在四周，问他从哪儿来？他说他来自遥远的西方，从他出生到现在，七年的行走就是家乡的距离。众蛙敬佩不已。有蛙问："您的家乡不好吗？您为什么从小就背井离乡？"他感叹道："我的家乡比这儿好，那是一条辽阔而又绵长的河流，东流到海，天天有活水呵。"又有蛙问："这，我就不明白了，家乡这么好，你出来干吗？"他笑道："读万卷书，行万里路，人生才与众不同。"

大家就笑。笑声夸张，仿佛是说，纵然再多游历，他终究是只蛙而已，难不成还想做两条腿的东西？有蛙见他们把天聊死了，就问他一路走来，可遇到什么有意思的事？说来听听。他说在来的路上，曾经有个把月找不到水源。不到渴死的程度，无法体会水的甘洌；找到水源后喝的头口水，令他没齿难忘。大家又笑，你这不是自讨苦吃吗？大河你不待，偏要瞎胡闹。他又说有天他行走在大路上，有只老鹰在天上追他，几次俯冲下来，要拿他果腹。听者就说那是两条腿行走的道，不是你该走的。又有听者急忙问，后来怎么样了？"被他抓了还有命呀，"他说，"我就拼命地往有人的地方凑。"众蛙瞪大双眼："你说啥？两条腿不是更可怕吗？"他笑道："浅薄了不是！99%的人都是善良的，伤害我们的，只是极个别而已；那天还幸亏有人帮我赶走了老鹰。"

一只小蛙摇头，惊恐万状道："出门太可怕了。"

"在家就安全了吗？这塘里就有蛇。"他反问道，并指向前方，"呐，那儿就有一条。"

整个荷塘顿时鸦雀无声，有几只胆小的，就扑通跳入塘里。他感叹道："水里才更危险。"他所指之处，在朗朗的月光下，浮萍摇曳，似乎有水蛇出没。沉默片刻后，所有本塘蛙鼓噪起来，荷塘里一片呱呱声，天都要被震碎了。他睁着一只眼睛睡觉，习惯了在梦里也留个心眼儿。

第二天一早，他继续上路。临行前诚邀同伴，但本塘蛙个个摇头。他再次劝道："你没有上过大树，怎么知道知了的肉味？你没有登过高山，怎么知道日出的波澜壮阔？你没有见过大海，怎么知道惊涛澎湃？我奉劝大家一句，趁年轻多出去看看吧。"

众蛙摇头，算了，我们习惯了待在荷塘。

他十岁那年的春天，来到浙东一座山谷的草甸上，遇到一群山蛙。他照例如此劝说，谈到行走的意义：把回想留给未来。山蛙极其傲慢，不论他谈到沿途的所见所闻，还是行走的苦乐，都反问一句："那又怎样？"就算他行走到老死，也不过尔尔，搞得自己精瘦干巴，连人都懒得捉食。他们哄堂大笑，骂他傻，自己蠢不说，还摆什么臭架子？小样！他哪有他们快乐？他们在山里玩得可嗨了。当然，跟这些土包子谈诗和远方，简直就是自取其辱，但他还是要说："人类有句老话，叫'做人来嬉戏'。一生要玩得风生水起，玩个明白，可不是一个草甸就能说明……"他们嫌他聒噪不休，就把他轰下了山。

他继续行走，直到十五岁那年的秋天，才觉出自己老了，可以歇下来了。这天傍晚，就在他穿越一片辽阔的田野时，不慎跌入一口荒废的枯井。他忍着疼痛，长叹一声，还真是想什么就来什么，那就在此度过余生吧。枯井深不足十米，逢雨就积水，晴上几天就干枯。他觉得这样也甚好。井底飞虫不少，够他续命的。偶尔有老鼠落井，倒也相安无事，老鼠嘛，打个洞就走了。但他不走，就安静地趴在井底，也很少说话，久久地仰望圆咕隆咚的一块天空。有白云飘过，他的心思就会追随它，飘向他走过的和想象的远方。听到上面的声音，他就想起过去熟悉的劳动场景和自然现象……他虽然身陷井隅，却心里装有全世界，满满当当的。

　　熬过这年冬天，这位资深的井蛙奄奄一息，他清楚自己的生命快走到尽头了。回想起自己行走的一生，他感到特别欣慰：藏一枝春天在心里，就永驻春天。只是死在这荒凉的枯井，可惜了这身皮囊，腐烂成他乡土。两天后有条瘦蛇从天而降，一落井底就使出浑身力气，张开饥饿的大嘴，一口咬住他。他笑了，感觉异常温暖。带翅膀的小生物，振翅逃窜到上方，围观，议论纷纷：有笑他愚蠢的，有赞他豁达的……

小渔的火车

孙金生

　　轻轻地推开窗子，阳光如温热的雨点，立刻就扑了进来。同时进来的，还有湿润的山风和婉转的鸟鸣。

　　走出小屋，小渔伸展了一下腰身。然后就看见一列火车，低吼了一声，如水里的游鱼，向她前面的山坡滑了过来。小渔仔细地辨认着列车腰间的牌子，那上面写着始发站和终点站的名字。小渔看得目不转睛，因为不久后，就会有稀稀拉拉的旅客，带着满面的春风，从出站口走来，那是小渔最开心的时候。

　　小渔的面前，是一大片正在开着各色花朵的果树。梨花雪白，苹果花粉红，夹杂着各种山野花，真正是姹紫嫣红。所有这些花的香气，汇成一股漫天的潮水，涌进小渔的肺腑，让她如痴如醉。蒙眬中，她似乎看到了志强的笑脸。他还是那么英俊，亮如星子的眼睛、高挺的鼻梁。他的嘴唇，似乎被阳光浸泡过，每一次微笑，都是暖暖的。

　　小渔立刻就想起那年，她和二丫蹦蹦跳跳去山里采蘑菇，都走到山口了，忽然从草丛里跳出一只野猪。是在果园外围巡视的志强，巧妙地猛敲大铜锣吓跑了野猪。志强又把她和二丫带到了这个守果园的小屋，给她俩吃甜甜的苹果，给她们压惊。就从那天开始，小渔喜欢上了这个能看见火车的小屋。

　　眼前的山坡，时而梨花飘香，时而苹果香浓。以前小渔的怀里，总是揣着志强买的书。她坐在梨树下，看书累了就看火车。她有不认识的字，就让志强教她。志强的床铺上，堆了许多各种各样的书。他一边看果园一边看书，他说看了书，会学到许多有用的本领。志强还会吹口琴，常吹的是《我爱北京天安门》。他说天安门很大很大，边说边伸展胳膊来形容，不知不觉地将小渔拢在了他温暖的怀抱里。黄昏的时候，他和小渔燃着艾草熏蚊子，在袅袅的青烟中，相拥着看启明星在天边慢慢出现。

看着前面山坡上的火车，小渔想起，志强和她说过，火车都是从很远很远的地方来的，它连接着外面的世界。她好奇地问志强，外面的世界都有什么。志强就认真告诉她，外面有高楼大厦，有奔跑的汽车，有宽阔的大海，有好看的衣服，还有遥远而又漫长的国境线。这些小渔都看不到，它们都不在书里，小渔能看见的，就是游鱼一样的火车。志强笑着说，等卖苹果赚了钱，一定带小渔坐上火车，去周游世界。

这时，有梨花飞舞着落在小渔的手心，弄得她心里痒痒的，脸红红的。她想起娘笑着问她冬天去果园干什么，那里冬天又不长苹果。小渔说冬天果树要施肥剪枝啊，要不夏天怎么结果。其实是两个人一边给果树捉虫子，一边说笑。志强说，呀，你脸上有虫子，冷不丁就在小渔脸上啄一口。娘不知道的是，她的女儿心里有东西开花结果了。果然，志强家托人来提亲，娘和爹爽快地答应了。定完亲，志强就响应号召当兵走了，果园留给了小渔。

小渔真是把小屋当成了家，她把自己的瓶瓶罐罐都搬到了小屋里。没啥事的时候，小渔就坐在那一树梨花下看火车。这回看火车，有了实质性的内容。有一个遥远的地名，和自己心爱的志强联系在一起。不知哪一天，就会有一辆写着那个地名的火车，开到小渔的身边。从里面下来的，就是穿着军装的志强，他会给小渔带回来精致的梳子，还有和杜鹃花一样红的红纱巾。

梨花落了又开，小渔守着果园，守着那份思念。那山脚下大片大片的杜鹃花，火红得如同火焰一般。那花丛里，还回荡着志强用口琴吹出的旋律。

今天是志强的生日，小渔早就做好了准备。她把一盒志强最喜欢吃的蛋糕，摆在梨树下的石桌上，又点燃了十九根蜡烛。蛋糕的香气四散开来，吸引了花丛中奔忙的蜜蜂。它们从四面八方飞来，仿佛在一起唱生日歌。

这时，一列火车游鱼般进了站。小渔想，要是志强能从这列火车里下来该多好啊。

小渔湿润的眼睛看向蛋糕，那上面，摆着一张黑白照片。照片里的志强，眯着眼，笑得还是那么温暖。那笑容，永远是十九岁。

照片的背面，写着八个大字：清澈的爱，只为中国。

羡鱼耻

爱国先生

　　早饭后，孟浩然无事可做，来到山脚下。一位老者，戴着一顶大斗笠，背着一只大鱼篓，扛着一根丈余长的鱼竿，嘴里似吟非吟，似唱非唱，精神抖擞，脚步悠闲。一只大白鹅紧随其后，昂首挺胸，步伐稳健，霸气十足，"欧，欧"叫着，比老者有风度得多。

　　"老人家去哪里垂钓？"孟浩然紧走几步跟上。

　　"湖里。"老者声音低哑，满是沧桑。

　　反正也无事，孟浩然跟着老者来到湖边。秋水暴涨，与岸齐平，洞庭湖巨浪翻滚，冲击震撼着脚下的堤岸，巍巍岳阳城也似在整个地颤抖震荡。放眼北望，水气蒸腾，烟波浩渺，让人分不清何处是湖，何处是云梦泽，何处是天与云。

　　"老人家，如此水势，哪里钓得上鱼？"巨浪声中，老者似是没有听清。孟浩然跟近几步，提高音量再问一遍。

　　"哦，任他巨浪滔天，总有风平浪静处，总有可钓处。"老者依旧以自己的节奏往前走。

　　"总有风平浪静处，总有可钓处。"孟浩然不由慢下脚步，低头回味老者的话。好一会儿，等他抬头，眼前是一大片茂密的芦苇丛，老者已不见踪影。孟浩然踮脚张望，不敢进入，他听说芦苇丛容易使人迷失方向。"欧！"是大白鹅，它还把大白脑袋从芦苇丛中探出来，高傲地看一眼孟浩然。孟浩然急忙走近。老者蹲在岸边，大斗笠将他整个地罩住，不仔细看，以为只是一顶斗笠。老者提竿，一条鱼吊在竿下，扭着身子，胡乱蹦跳。

　　"好大一条鱼！"孟浩然不由惊叫，站到老者身后。这是一片港汊，三面是茂密的芦苇，背风，水清，波轻。孟浩然学着老者的样子，蹲在一边，想起"风起于青萍之末，浪成于微澜之间"，原来说得一点儿也不错。

老者不时提竿，每提一次，就有一条鱼出水。每一条鱼出水，孟浩然就会惊喜地叫一声。

"你没有事吗？"声音从斗笠下传来，"我一个钓鱼的，你陪着我，可不值当哦。"

"没事，没事。"孟浩然嘴上应着，心里却不由地琢磨起老者话里的话。

"没事？还是没找事？"老者又提起一条鱼。

"没……"孟浩然吃惊不已，老者何人？为何句句话里有话？句句似乎都在说自己？

孟浩然早年就有心出仕。几年前也曾做过小官，但很快发现这官场暗流涌动，钩心斗角，尔虞我诈，瞬息万变。他想有一处净土，不受搅扰，不关是非，安心办好自己的差事；再读点书，作点诗文，看点山水。然而，自古哪里有这样的官场？盛世大唐也没有。于是他辞官退隐，一度也随心所欲地放浪形骸于山水，可是心终究还是那颗用世之心，看似淡了，却只是淡在言语中。如此几载，他左右徘徊，庸碌无为，只能眼巴巴地看着耕者有其入，仕者有其绩，隐者有其修。就像现在，同样的光阴，老者已收获半篓鱼，他还只是两手空空的看客，徒有羡慕。

"从来人找事，何处事寻人？"老者仿佛已入化，连声音也是静的。

"找事？找事岂不是求人？"

"不求人，待人求？历朝历代，无论乱世还是治世，庙堂还是江湖，何处无能人？如今，盛世大唐更是俊才人杰无数。"风吹偏了斗笠，老者微微倾两下头，斗笠恢复端正。

"老人家，哦不，老先生，"孟浩然分明感觉到老者绝非一个普通的渔人，起身又手施礼道，"请老先生指教。"

"哦，你已迈出第一步。"斗笠下似有一丝笑意，"你当继续，遵从心愿。"

"老先生，在下有一忘年之友，虽往来之日短浅，但也曾对我有赞美之心、爱护之意。如今他身在高处，在下有心倚靠，又……"

"当年等同，如今悬殊，你是放不下身段咯？"

"在下惭愧。"孟浩然恭恭敬敬一鞠躬,"我当如何向他迈出第一步?"

"斯景斯情,岂不妙哉?"风小了,风向却有变,港汊里水浪渐大。老者收竿,背起鱼篓,从芦苇丛里搬出一叶独木小舟,放进湖,和大白鹅一起跳上去,鱼竿一撑,向湖而去。

孟浩然看得入神。

"孟大山人,愿你行如所愿,得如所愿……"

洞庭湖畔,老者已消失于浩渺烟波里,孟浩然还在琢磨他那句"斯景斯情,岂不妙哉"。忽然,他眉头一舒,会心一笑。

回到山上,孟浩然手书一诗:

八月湖水平,涵虚混太清。

气蒸云梦泽,波撼岳阳城。

欲济无舟楫,端居耻圣明。

坐观垂钓者,徒有羡鱼情。

孟浩然高声吟诵几遍,提笔在卷前题上"望洞庭湖谒张丞相",刚欲放笔,眼睛却被这几个字吸引住,几次想移开都不成,终于满脸通红,连忙将"谒"字划掉,还重重涂抹几笔。

好半天,孟浩然在划掉的字旁补写一个"赠"字。

虫 灯

马建忠

老人喘着粗气，时不时擦下额头的汗珠。没有月亮，没有星星，一片漆黑，只有他的眼里闪烁着光亮。

老人环顾四周，确信没有走错，就是这条坑坑洼洼的路。

没走多远，老人抬头一望，一大片杂草中露出半人高的脏兮兮墙体。他走过去，咦，那棵守护神般的老树，哪去了？

老人祖上逃荒来到这里，居住下来，在村口种下这棵老树。战争年代，这棵老树是天然瞭望塔，村里身手敏捷的小伙子爬到上面，藏匿在枝繁叶茂的树上，观察村外的情况，一有风吹草动，就及时跑回去通风报信。

老人走过去，一片废墟之上，屋顶的烟囱早已没了炊烟。

夜风乍起，老人站在一个破败的小院前，伸手摸了摸布满灰尘的窗框，鼻子一酸，差点流出眼泪。窗框上那根钉子，装满了沉甸甸的回忆，一盏盏虫灯，悬挂在上面，在夏风中飘忽不定。

前些天，知了聒噪不停，夜色渐浓，屋里闷热难耐。孩子用不信任的眼光瞅着老人说："爷爷撒谎骗人。"

老人问："爷爷怎么撒谎了？"

孩子一本正经地说："我到班上跟小朋友们说虫灯的事，他们回去问过家长，都没听说过有这种灯。"

黑暗中，老人的脸有些发热。儿子接他过来一起住，一晃五年了。也不知怎么的，夜色阑珊的城里，越到暑期，越是拉闸限电。有一天夜里，疾风骤雨，电闪雷鸣，孩子在黑夜笼罩中紧紧靠着他，心里害怕。老人为了缓解孩子的紧张情绪，给孩子讲起虫灯。孩子听得入神，渐渐睡去。后来，孩子几次嚷嚷着要做个虫灯，都被儿子打岔遮掩过去了。

　　老人来到旧居后面不远处。他记得那是个酷热的夏夜，他们几个孩子举着明亮的虫灯，在这片黑黝黝的小树林里捉蟋蟀。一阵急促的脚步声冲着他们而来，几个孩子赶紧站在一起，瞧向由远及近的一个人影。其中一个警惕性高的孩子弯腰从地里捡起几块土坷垃，分给其他几个孩子，一副大战在即、随时应战的架势。那个人影来到他们面前，焦急地问："小朋友，这儿是孤石峪庄吗？"他们点点头。原来这个人走亲戚，险些迷路，是被闪闪烁烁的虫灯引过来的……

　　不知何时，郁郁葱葱的小树林悄悄地消失了，只有记忆摇摆在风中。泪水一个劲儿地在老人眼眶里打转。

　　再往前走，夜色更浓。老人极力寻找儿时的乐园，那里到处都是牵牛花、爬山虎、车前草，那里还有蚱蜢、蟋蟀、螳螂……每到夏日闲暇时光，他在家里找些薄薄的白纸，一点点无缝对接，糊成巴掌大的盒子。然后，悄悄溜到野麻花丛中去捉萤火虫。大概是晚上飞累了，在夜空中缓缓飞翔、宛若流星移动的萤火虫此时慵懒地蜷缩在野麻花蕊上，失去了活力，只要轻轻一捏，便能手到擒来，一只、两只、三只……夜晚降临，那些装在白纸盒子里面的萤火虫仿佛储存了足够的电源，双翅一振，透明的肚子里迸发出亮光。几十只萤火虫汇集的光，在黑暗中像一盏灯。

　　几缕花白的头发从老人头顶耷拉下来，掩住沟壑交错的额头。他一阵晕眩，缓缓蹲下身子，闭上眼睛。

　　突然，黑暗中闪现出一束光亮，有人摆动手电筒四处照着。老人吓了一跳，听到有个浑厚的声音喊："爸，爸。"紧接着一个稚嫩的童声传过来："爷爷，爷爷。"

　　老人心里说不出是啥滋味，一屁股坐在地上，不舍得离开。

孤　灯

潼河水

母亲的离世，让父亲更加的孤独。多次要接他来城里生活，他都断然拒绝。

父亲读过两年私塾。据他讲，他读的是《论语》和《千家诗》。小时候，父亲经常背古诗给我们听。我后来上大学读的是中文系，并且成了一名作家，这与父亲的熏陶是有关系的。各种座谈会、研讨会和颁奖会纷纷邀请我。我声名鹊起，满世界地飞，可谓名满天下。

在一次开讲座时，我问大家，你们都是读过多年书的人，大多受过高等教育，中小学时学过的诗文，你们能记住多少？大家纷纷举手，有说李白的《静夜思》，有说杜甫的《春夜喜雨》，有说杜牧的《江南春》，清一色的古诗。我感到很纳闷，现代文怎么一篇都记不住吗？难道，我们读了十几年书，就记住几首古诗？我顿感悲哀起来。父亲只读了两年私塾，却能背很多诗，就连《论语》也能大段大段地背出来。

有一年清明，父亲让我带着全家回去给母亲扫墓。老婆嫌远不去，孩子也说，去什么去，不就是烧个纸吗？来回路上折腾两天，值得吗？平时，我口舌如簧，此刻，哑口无言。

到家时，已是太阳西落。我远远地看到村口站着一位佝偻着腰的老人，他不停地朝村口张望。金黄色的霞光披在他的身上，使他看起来犹如一座雕像。一看是父亲，我缓缓地停下车，并赶忙下车，让他上车。他摆摆手，说不用，就几步路。你先走，门开着。

家里房子很多，很宽敞。三间带大厦的堂屋，两间偏屋，三间前屋。院子里种着蔬菜，有青菜，有菠菜，有茼蒿……还有一棵石榴树。父亲有洁癖，不养鸡鸭鹅。母亲在世时是养的，因此，两口子时常为牲畜乱拉屎、乱蹦跳而争吵。

尽管庭院种满了果蔬，但是，我依然觉得很空旷，空旷得让人窒息。

父亲曾经对我说，等你结婚了，堂屋归你；你弟弟呢，等我攒够了钱，再给他盖一处房子。后来我们都有了出息，离开了农村。父亲说，只有读书才有出路。我们一个个都走了，留下了空房子，父亲会不会有失落感？

堂屋里就一个灯泡，不十分亮。母亲的遗像挂在正对门的墙上。她对着我笑，我亲切地看着她，她依旧微笑，不说话。父亲的床头放着两本书，就是他上私塾时读的书，纸张都黄了、破了。这就是父亲的精神食粮吗？

父亲从灶房里端出菜来，说，菜都有点凉了，要不热一热？我说没事，凉一点可以吃。一大碗家常豆腐，一盘绿豆饼，一盘草公鸡烧黄豆，一盘炒青菜。这些都是我喜欢吃的。我和父亲对饮，两杯酒下肚，父亲就有点醉了。他一喝醉，话就特别多。国家大事、天文地理、家长里短，总是说不完。我只能被动接受，敷衍几句。

临睡前，父亲说，明天帮我写一副对联。我说，你的字比我好，你自己不能写吗？

他口齿不清地说，我要会写还叫你写？再说了，这也不是一般的对联。

我愈发郁闷和好奇。

第二天下午，父亲带我到村东头看村里刚刚建好的观音庙。我不信这些东西，不想去。父亲脸色有点儿难看，说这个小庙，我捐了一半钱，功德碑上，我排第一，这是陈家的荣耀。唯一不足的是少了一副对联。你是乌鸦岭唯一的教授，只有你才有资格来写。你去看看回来再写。

庙不大，就三间，外加一个小院子。堂屋供奉着观音像。黄墙青瓦，掩映在一片大叶杨中，显得很寒酸。我打量着村庄，破败不堪的房子，很少见到人行走，更见不到玩耍的孩子。整个村庄静得就像一潭死水。

回到家，父亲拿来了纸和笔。我坐在庭院里苦思冥想，无从落笔。手里的毛笔好像笨重的铁锚，铺开的红纸像一片浩瀚无垠的海洋。

十分钟，二十分钟，半个小时……夕阳的余晖染红了半边天，也染红了我的脸。

父亲踱步走来，问我怎么还不写。我支吾道，我不会写。父亲叹了一口气，你是大学教授啊！怎么不会呢？

不知道写什么。

好吧，我说，你写。

气氛凝重而又庄严。父亲一字一字地说，我颤颤巍巍地写。

写好后，我如释重负地站起来。我看着一个个汉字好似一只只孤独的小船颠簸在海洋里。

我大声地朗读起来，庙小无僧风扫地，天高有月佛前灯。

我的眼眶有点湿润。走出庭院时，远处零零散散的房屋已经淹没在夜色之中，那座刚建好的庙也未能幸免。

神医何老三

吕志军

何老三怎么也不会想到，一次旅游竟然让他成了神医。

何老三本来是一个炼钢厂的职工，负责把烧沸的钢水从炼钢炉通过吊索转运，浇进模具。每天几十炉钢水，钢花四溅，稍有分神便是致命大祸。工作期间聚精会神不敢懈怠，几十年下来何老三练得体格健壮、臂力过人，能动手绝不多说一句话，别人和他聊天，他多以"嗯、啊"应对。

退休后，何老三拿着不低的退休金，开上儿子淘汰下来的小汽车，想到哪儿就到哪儿，优哉游哉。

说来也怪，一辈子默默无闻，一名癌症患者却让他声名大噪。这名患者被医院诊断为肺癌，最多只有六个月光景，等于被判了"死刑"。患者是何老三旅游途中遇到的，当时患者已经放弃治疗。家属说你还想看看哪里，就送你去，了了心愿。可是旅游并未减轻胸口的疼痛和忧伤的心情，这让患者急剧衰老，迅速滑向死亡的深渊。

何老三和患者聊天后一本正经地说："这病我有办法。"患者垂头丧气地哀叹道："你不必给我宽心，我知道自己时日无多了。"何老三说："病也认人，有些病西医治不了中医能治，有些病中医治不了西医有法儿。"患者流涕道："我是中医西医都下了结论的。"何老三站起身不屑地说："有一种草叫鸡血草，冬天干枯后挖出它的根，熬汤喝，半年可以治愈。不过这草只有海南五指山的有效。"患者大哭起来："现在才五月，就是鸡血草能起死回生，等到冬天我早没命了。"何老三不再搭理，哼着歌走远了。

到了第二年夏天，一个满脸红润的男人找到何老三，跪倒就拜，嘴里不停念叨着："神医啊，您救了我的命。"何老三这才认出来人正是那个肺癌患者。

患者讲了自己如何早早到了海南，在五指山租房，每天上山寻找鸡血草，冬天又如何挖草根熬汤喝。"我现在胸口没那么疼了，浑身有了劲儿，更重要的是，我活到现在了！"男人说着又是一连串地感恩磕头。

围观的人听了患者的话，无不惊奇地盯着何老三，原来身边有这么一位深藏不露的神医。何老三那健硕的身体又似乎佐证着他神医的本领。何老三扶起患者，浅浅一笑说："你现在不要吃鸡血草了，东莞有一种麻藤，待到春暖时候，上面开像禾雀一样的花，每日摘新鲜禾雀花，蒸出香气闻。紫色的花效果尤其好。"患者留下"华佗再世"的锦旗，千恩万谢地去了。

何老三是神医的名声风一样传出去，各种得了怪病奇症的病人纷至沓来。但何老三坚持一个原则，只给得了绝症的病人开方子，不是绝症的病人继续找医院治。开的方子也和西医中医的绝不相同，比如给胃癌患者开的方子是，新疆天山南麓悬崖上的冰水，每日收集一塑料瓶，烧开放温，两小时喝三杯。给喉癌患者开的方子是，采摘安徽黄山上的一种松针，焙干研末，缝在香囊里，五米外嗅闻，松针末十日一换。给骨癌患者开的方子又不同，是把呼伦贝尔草原上的一种黑虫子翅膀摘下来，制成标本，每天凝视一小时，半月换一个标本。等等。

病人领命而去，一些会在第二年返回何老三家，虔诚地献上锦旗，索要第二服药方。何老三也不藏着掖着，欣然开出新方子。

何老三名气越来越大，家里锦旗越挂越多，整日门庭若市。有被治好的患者给治疗费，何老三一概拒绝；患者给拿的感谢茶、酒，何老三倒是乐呵呵收下，散给街坊邻居。

一日，又来了一个患者，准确地说，是一个癌症患者的家属。家属满脸泪痕地指责何老三："都说你是神医，用了你的单子，为什么我患胰腺癌的母亲却没有挨过医院的诊断期限？"何老三思虑再三，在纸上写了一些话，觉得不妥，揉成团扔了，不禁心里一阵难过。不几天何老三重新高兴起来，想到，那名肺癌患者要是能寻找禾雀归来，应该换第三个方子了。

一抿香

李景泽

　　找寻，是个艰难的过程。男人找寻，女人找寻，连咿咿呀呀的小孩都知道要找寻。被找寻的人叫一抿香，真名不得而知。

　　我也要去找寻。临行前，年迈的祖父将我喊到身边。

　　"不用我多说了吧？"祖父正襟危坐，严肃而庄重地说。

　　我使劲儿地点着头，也严肃庄重。

　　"那就好，你拿着这个。"祖父交给我一个锦囊，说，"只有找到恩人的那一刻你才能打开，记住了吗？"

　　我连连点头，祖父老泪纵横。

　　祖父是我唯一的亲人，我也是祖父唯一的孙儿。我的父母在我儿时就死于饥荒。彼时家园罹难，至亲殁去，整个世界都笼罩在一片阴暗之中。

　　一抿香就是在那个时候出现的。

　　一抿香五十岁上下，穿着马褂长袍，头戴六瓣合缝瓜皮帽，足蹬锦缎双梁福字履。从哪儿来？要到哪儿去？祖父说，谁也不清楚，"一抿香"这个名字还是大家跪请他说出来的。

　　小时候，我喜欢蜷在祖父怀里，仰着头，听他讲一抿香的故事。

　　"真是个大善人啊！"祖父说起他时，每每凝神慨叹，"怎么也得留个名呀，可他就是不说，要不是害怕大家长跪不起，估计连这名号都不肯留。"

　　祖父讲得绘声绘色，眼圈泛泪；我听得心潮澎湃，津津有味。

　　"那浑身散发的阵阵香味啊！"祖父一讲到这儿，就盯着我笑。

　　"你说，一个男人怎么会那么香呢？难不成是天上派下来的神仙？"

　　我眨着眼，摇摇头又点点头，祖父哈哈大笑。

"小傻瓜，你以后就知道了，那是酒香。"他说。

一抿香究竟何许人也？找寻，成了我的初衷之一。但不管他是何许人，他救了我们，在我心里，他就是神。

我到处打听，逢人便问。尽管战乱频发，人人自危，但当得知我是在寻找救命恩人的时候，主人家总会拿出珍藏的食物，友好地招待我。

"怎么会有人叫一抿香呢？"主人家问。

我说，那是恩人既不想我们报答他，又看我们跪着不起，故意讲给我们的。但既然讲了，就一定跟他有多多少少的联系。

"那他有什么相貌特征吗？"他又问。

"这祖父倒没提，不过祖父说他身上有股酒香，很可能是个酒鬼。"我开玩笑地说。

"要是这样，就不要去找他了。你们该庆幸他没耍酒疯，给你们雪上加霜……"主人家打趣着说。

"那不行！"我斩钉截铁地说，"恩人就是恩人，他救了我们，这是改变不了的。"

主人家笑了，他告诉我往南走，或许在那里能找到我要找的人。

我一路向南，身上的盘缠已然用尽，仍一无所获。情急之下，我敲响了一个大户人家的门。

"能不能讨点食物……"我恳求着为我开门的大叔。

当得知我是因为寻找救命恩人才落魄于此时，大叔取出好酒，热情地招待了我。

"这年头世道不济，像你这样的年轻人还能知恩图报，难得难得。可既然找了大半年都找不到，干脆回家吧，不是还有老祖父需要照料吗？"他说。

我愣了下，眼前尽是祖父的苍老容颜。

"我又何尝不想留在祖父身边啊！"我说，"可我们一辈子的心愿都是寻找恩人……"我顿了顿，斟满酒一饮而尽。

"好酒！"我忍不住喊，"醇而不烈，回味悠长。"

"这酒我喝过！"我对大叔说。我确信这是我这半年来多次喝的那种酒。我正想再喝一杯，大叔赶紧将我拦住。

"此酒名扬四海，没喝过才奇怪，但可不能贪杯。"

我忽地恍然大悟，请大叔指点迷津。大叔告诉我，如果两者真有关系，就继续往南走，到宛城。

我一路打听，逢人便问，终于到达目的地。

"您知道有谁叫一抿香吗？"我激动地询问一位老人。

"一抿香？"老人捋了捋胡须说，"人名没听过，不过有个地方倒是写着'一抿香'。"

我兴奋不已，问老人能不能带我去，老人欣然同意。

老人将我带进了一座酒庄，只见这酒庄古朴典雅，到处洋溢着美酒的香气，我仿佛置身于瑶池圣地，整个人都飘飘欲仙起来。

"这就是你要找的一抿香，我当初啊还是这里的伙计呢！"老人指着一副对联，诵道："宁品骆家一抿香，不喝勾兑一大缸。"

我大喜，反复念叨着这副对联，难道恩人一抿香就是这酒庄的主人？

我的心不禁怦怦直跳。我问老人，戊子八年，北方闹了一场大饥荒，这酒庄的主人是否带着粮食去赈过灾？

"对，有那么回事，当年还是我跟着老爷一起去的呢！"他说。

我喜极而泣，扑通一声跪在了地上。

"祖父啊，我终于找到咱们的救命恩人了！"我歇斯底里地喊，默默地打开祖父交给我的锦囊。

锦囊里是一张字条，上面端端正正地写着几个大字："留下来，报恩！"

门

杨静龙

因为赶着处理一个文件，这天一大早，我就来到了单位。

干完手头的活，还没到上班时间，单位里静悄悄的。

我把文件打印了一份，骑上车去外面吃早饭，然后把文件送到另外一家单位。

办完事回来，已经过了上班打卡的时间，单位里热热闹闹的，同事们都在办公室里忙碌着。

我走向自己的办公室，发现办公室的门被关上了。记得刚才离开的时候，我特意没有关门，有意让初秋清爽的晨风吹一吹，让办公室里充满新鲜空气。可是现在，办公室的门却紧闭着。

我在办公室门前驻足四望，来单位里办事的人很多，人来人往的。我迟疑了一下，推开了门。

我重新给自己泡了一杯茶，坐到办公桌前，喝了一口。我开始怀疑是不是自己记错了，也许刚才离开时确实关了门。否则，谁会无缘无故地把我的门关上呢？

正胡乱地想着，隔壁财务处老李走了进来。老李手上拿着一叠财务报表，往我面前一放，说："昨天下班你忘记关办公室门了吧？我给你关上了……"

我"哦"了一声，正想开口解释，老李笑着说："你知道我每天都是第一个到单位的，等我把单位里的开水烧好了，大家才陆陆续续来上班呢。今天一到单位，就见你办公室的门大开着，等我烧好了开水，门还开着。我们这个单位来办事的人多，人来人往的，我就把门关上了。"

晨风从窗外吹进来，吹得那些报表窸窸窣窣地响，有几张纸落到了地上，老李弯腰捡起来，然后冲我笑了笑，走了出去。

我对着老李的背影，迟迟疑疑地说："老李，谢谢你!"

老李头也没回，说："哈，同事之间这有什么好谢的……"

我到底还是没有向老李做出解释，要说这个道谢，其实也有点莫名其妙。可不管怎么说，那种同事之谊终究还是让人心里感到暖暖的。

老孙是第二个来告诉我关门的人。

老孙戴着一副高度近视眼镜，急匆匆地从办公室门口走过，然后又退回来，伸长脖子，扭过脸来看着我，说："你来上班啦，昨天下班忘记关办公室门了吧?"不等我回答，又急声说："我路过你门口几次，都没见着你，就帮你把门带上了，嘿嘿……"老孙说完，冲我挥挥手，身影一闪，走了。

老孙的话让我不淡定了，这算哪门子的事呀，他们不知道我一大早赶来办公室加班，不知道我加完班外出吃早餐送文件，不知道我是故意开着门透透新鲜空气也就算了，他们帮我带上门给了我温暖让我心存感激，这也是事实。但是，一扇门怎么会有两个人来关呢，这又是怎么一回事?

我正在发愣，橐橐橐橐，一阵高跟皮鞋敲打瓷砖地面的声音，自远而近，来到门前。听这皮鞋声，我就知道那是单位的美女秘书小潘。"哟哟哟，你工作真是认真呀，昨天都忘记关门了吧?"小潘倚在办公室门框上，笑眯眯地说，她的嗓音和人一样让人觉得舒服。

我望着小潘漂亮的脸蛋，心里突然闪过一个奇怪的念头，脱口问道："……不会是你帮我关的门吧?"小潘咧嘴咯咯一笑，道："那还不是举手之劳嘛，小事一桩，咯咯咯咯……"

小潘说完，笑着走了。咯咯的笑声由近而远，最后消失在走廊的转弯处。

整整一个上午，我的心里都迷迷瞪瞪的。

我在想，老李、老孙、小潘三人当中，肯定有两个人是说了谎的，一扇门只能有一个人去关，不可能三个人去关同一扇门，这是一道再清晰不过的算术题，一年级的小学生都能算得出来。

但是，他们就这样说了。而且，看起来似乎他们谁都有可能会顺手把我办公室的门带上，换成我，也会这样做。这既是同事之谊，又是举手之劳，何乐而不为呢。

然而，毕竟只有一扇门，却先后有三个人来告诉我他们关了门，我心里总有一种说不出来的味道。

　　当然，还有一种可能，三个人当时谁都想关门，然后选了一个代表来执行，所以一个人关门，也就代表了三个人的心意。但这个猜想经不起推敲，太牵强了……

　　我一边干着手头上的活，一边翻来覆去地猜测分析，一直到吃中饭的时候，心里也没一个清晰的想法。

　　我迷迷瞪瞪地来到单位食堂，打了一份饭菜，刚吃两口，一个声音在我耳边响起："我说你呀，下班也不关门，你知道是谁帮你关的门吗？"

　　我抬起头，惊诧地望着一张笑意盈盈的女人的脸，那是单位的工会主席，一位善良的老大姐。她把盘子往我对面一放，坐下来，挟了一筷子菜送到嘴里，慢慢嚼着，没再往下说。但听她的口气，好像这扇门，是她关的。

父亲的大宅

陈振昌

　　修茸完了父亲的老宅子并办理好捐赠给村委会的契约后，我就飞回了我现在侨居的家。这些天，父亲的身影就萦绕在脑海，来回兜圈，一个立体的清晰的有灵魂的父亲形象就站立在我的眼前。

　　父亲勤劳、节俭、执拗、坚韧，又有几分不露声色的虚荣和狡猾，这些都体现在他一手兴建的大宅上。乍一看，父亲和本地的农民没有什么不同，但骨子里区别很大。他和他们一样是人民公社的社员，但他有他自己的鸿鹄之志。

　　父亲的鸿鹄之志是白手起家建一座大宅子，为子孙后代造福，显赫于他人。

　　建大宅子需要许多材料，不少材料是需要掏钱买的，但也有不少材料可以自己出力弄来，比如石头和沙子。父亲就自己动手，起早贪黑，肩挑背扛，积攒着石头和沙子。父亲建宅的原则是，能少花一分钱就少花一分。

　　父亲非常节俭，过年时，没有养鸡鸭的人家，不管怎样都要去集市上买回一两只，宰杀了过年。我们家母亲很能干，每年都喂养一大群活蹦乱跳的鸡鸭，父亲就赶过年时的好价钱出售，卖得一只不剩。我和哥就噘嘴，但也拿父亲没办法。

　　父亲说，你们的新衣服是哪里来的？比人家差吗？吃孬点怕什么？不饿着就行。俗话说：肚里无食无人知，身上无衣受人欺。

　　父亲永远有着他的道理。

　　房子要上梁盖瓦的那几年，我家的日子非常艰难，酿豆腐都不是酿猪肉馅儿的，是酿糯米团团的。父亲赶集，总是赶尾集，总是在卖桁头瓦椼的地方蹲着，见人家卖不出去了，便宜卖了，他就出现了。父亲随生产队出工，总是一担畚箕不离身，人家收工优哉着回家，他呢，把捡拾到的满满的一担石头挑着回家。风雨不误，寒暑亦然。父亲的大宅，离大河有些远，所需的沙子，他知道全靠自己去挑也不是个好办法，就请工。请工也是他节俭悭省之余必要的付出。请了一班青壮年来挑担。干活是需要"打放"（稍憩）的，他摆出一张大桌子，桌子上摆满了"斗公"（大碗），本只有七八个人，他却摆放了二十多只碗，一人两三碗，干吗？把温开水凉下来，喝得快。你水喝够了，不方便在主人家面前再磨叽憩息。

经过五六年坚持不懈的努力，父亲的梦想成为现实了。不像现在的建筑设计，还需要图纸，父亲的设计蓝图自在胸中。三进厅，三天井，三侧厢，一共三厅十五间房，偌大一个宅子。收尾完工就是打地板，父亲没钱，不能买窑砖铺地，他就打三合土，就是用石灰、黄泥、细沙混在一起铺在泥地上。也是老天助他，这个时候，来了一支探矿队，白天上山勘查，晚上租他的新房居住，被褥是自带的，只需在地面铺上一层稻草就行。父亲看准机会，小狡猾就实施了。他点上一盏小煤油灯，"啪啪的"开始在厅里打三合土。夜阑人静，这声音不啻声声春雷，惊吵得探矿队员无法入睡。他们一商量，罢了，不如帮陈叔打地板吧。

父亲假装不好意思，说对不住，我的三合土是白天早混合好了的，不按时用完就浪费了。队员们也老实，他们稍微一想也知道，他哪能一下子拿出这么多的木拍子来？分明是他早有准备。

父亲当时万万没想到，多年后我和哥哥会不当他的房子传承人。房子被赠送给村委会，是房子有了个好去处，派上了用场。捐赠的大宅被村里用来做资料档案馆。以前顶多就有一些散落在各家各户的陈氏族谱。时代变了，文明在进步。现在观念变了，我们正在建设美丽乡村。村里会说话的村主任说，我们正想瞌睡，你就送上枕头了，太谢谢了。

写到这里，我忽然想到了图文并茂，就去找一位外国朋友，他是一位赫赫有名的漫画家，一听我的意图，他满口答应。过了没几天，他就把画送来了——是一幅连环画，连环画不仅把父亲的大宅子画得栩栩如生，还画上了许多现代化的高楼大厦。他说，能读懂我的意思吗？我说，高！用我们中国人的话说，叫画虎画皮难画骨，你这是画虎画皮又画骨。我父亲的形象扩充了，从农村扩展到城市，由普通城市扩展到大都市，不少人以自己有几套、多套散布在城市、大都市的豪宅为荣、为傲。这种回归的价值观让人沉思。

夏枯草

张建春

（夏枯草，辛、苦、寒，归肝、胆经。清肝泻火，明目，散结消肿……用于目赤肿痛，目珠夜痛，头痛眩晕，瘰疬，瘿瘤，乳痈，乳癖，乳房胀痛。对癌症治疗有辅助作用。）

春天绿，柱状的花序紫红，一到夏天就不见踪影，就枯萎了，它是夏枯草，一种有诗意却名字不诗意的植物。

玲五六岁时就认识夏枯草，是父亲或教的。或这个字很奇怪，和或字像，刀上却多了两撇。或是玲大伯的名字，所以玲的父亲叫或就不奇怪了。

玲的爷爷是个秀才，老古板，知中医，能唱汤头歌，号号脉就开出抓药的方子。

方子上的药是草，草在田埂上能找到。夏枯草常出现在方子上，爷爷的字龙飞凤舞，夏枯草玲却总是能认出来的。

爷爷的方子上有药引子，药引子不好找，什么龙须、无根水之类的，爷爷尽管写，可跳过去，不影响药效。

玲自小跟着父亲或去采药，父亲一手牵玲，一手揪草，嘴里还叨咕，玲就认识了开紫红色花的夏枯草。

夏枯草以花序入药，晒干了，绑成捆，一小捆一小捆的泛着蒿草香。

爷爷喜欢玲，隔代亲。爷爷教玲识字，却不教玲中医号脉，也不教玲草的药性。爷爷说他就是粗通药草，教了害人。

玲十岁时，爷爷死了。爷爷没能给自己开出一帖药方，爷爷哀叹，药能治病不能治命。爷爷被埋进土里时是春天，春天开着许多的夏枯草花，花把爷爷的坟包围了。

玲乘着给爷爷上坟，采了大捧大捧的夏枯草，摘了叶，只要花序，铺在爷爷的坟头边晒干，晒干了，再一小绺一小绺地整齐绑好。

　　夏天一到，地上的夏枯草不见了，玲家不少的夏枯草被放在一边，父亲或望着就流泪，或想自己父亲了。

　　玲的大伯或和父亲或大吵了一架。或说或独吞了父亲的单方。单方治大病，了不得。或说没有，真的没有，父亲没传他任何医术。或不信，揪住或的衣领不松手，或狠推了或一把，或跌倒了。还好有夏枯草垫着，或没受伤。

　　或和或就此生分了，兄弟到了反目的地步。玲虽小，却懂事，暗地里找大伯或说：爷爷真没留下单方。或摸着玲的头，目光深深的，玲探不了底。

　　或很气愤，揪住父亲从墙上飘下的目光，恨恨地吐槽：一招不教，还落得个亲哥哥怪，兄弟都做不成。

　　墙上爷爷的目光柔柔的，玲总是闻出土味和药香味。

　　玲上学读书后，放学路上，见了夏枯草就要揪上几株，放窗台上晒，晒干了存下。为什么这样做，玲自己也不明白。

　　玲进了趟县城，发现了个秘密，医药公司除了卖药，还收中药材，夏枯草在列，一角八分钱一斤。

　　玲震惊，钱就在身边，就在乡村的泥土里长着。玲借了自行车，将攒了许多日子的夏枯草从旮旯里找了出来，绑在自行车后椅上，去了县城。

　　五十斤的夏枯草，卖了九元钱，一张五元，一张两元，两张一元，厚厚的很有分量。

　　回途中风催车行，玲一路兴奋，蓦然间明白了，爷爷是留下单方了，是夏枯草，夏枯草。

　　玲连家也没回，直奔大伯或家。玲抽出五元钱塞给大伯，说：爷爷的单方我找着了，是夏枯草。

　　玲不隐瞒，把卖夏枯草的来龙去脉说了。大伯或拿着五元钱浑身颤抖，嘴中反复念叨：或、或、或。

　　大伯收了一元钱，把玲送回了家。玲刚把剩下的八元钱夹在了一本书中，就听到了哭声，"哞哞"的，如牛叫，这哭声是或和或的。

　　玲从这年起，常提着篮子采药草，夏枯草、马鞭草、车前子、半边莲……夏枯草打头，众草药跟上，用以换取微薄的油盐钱、书本笔墨费，玲的耳畔时有一苍老的声音相伴，是爷爷的，不知爷爷在说什么。

玲十八岁时，父亲彧生了场怪病，再好吃的东西也咽不下，噎在嗓子眼，直翻白眼。彧说自己得了噎食病，草青时得，草枯时死。彧抱着彧的头哭了一场，之后不吃不喝，等死。玲悄悄哭，就是不服气，想着爷爷，想着爷爷该有单方子。

玲在野外到处转，找药，找治父亲彧的病的药。还真有发现，一条青花蛇吞了只大青蛙，被噎住了，又见青花蛇，咬食一种草，咬上几口再吞青蛙，溜溜地吞进去了。玲大喜，走近，见蛇咬食的是夏枯草。

夏枯草正开花，紫红得好看。玲大把地采，熬了水让父亲彧喝，说：是爷爷传下的单方子，治病救命。

父亲彧当故事听，但还是把夏枯草水大口大口喝进去了，也噎，但彧强忍着喝。

夏枯草不见了，到了秋天，百草枯了，彧还活着。一活就活了好多年，是夏枯草的功能呢。

玲后来真成了医生，自学成材，算是接了爷爷的班。玲成立了诊所，诊所的名字就叫"夏枯草诊所"，十里百里的有名。

诊所的门前是块空地，空地上种了不少的药草，夏枯草最多，春天花开一片，美美的。

断　桥

紫忆梦

　　我在食堂吃晚饭的时候，接到了父亲的电话。父亲说二叔丢了。语气伤感。

　　几天前父亲在电话里跟我说，徒河上游正在泄洪，水位已越过断桥，让人担心的是许多年不敢靠近徒河的二叔，这段日子总是站在河边看，一看就是半天。

　　二叔会不会是被水冲走了？我们顺着徒河找了一天也没找到他，怕是凶多吉少了。

　　二叔丢了，我心里五味杂陈。正是黄昏时分，淡淡的雾像一层轻纱裹着这座城市，裹着我对二叔的一些回忆。

　　二叔十八岁那年，决定去找我父母。我父母在很远的城市打工，已经走了三年，他们走的时候，把我扔给了爷爷奶奶。二叔走那天也是个有雾的天气，天麻麻黑着，我和爷爷奶奶去送二叔。雾气环绕着我们，徒河水在雾里哗哗地响着。走到断桥那儿，二叔让我们回去。我们站在桥头，目送着二叔上了桥。

　　那时候断桥还叫旧桥。桥身很矮，雨季涨水的时候，蹲在桥上能触摸到河水。一场洪水过后，旧桥从中间豁开一丈宽的口子，成了断桥。不久，一座新桥在距断桥一里远的地方被建了起来。

　　二叔在桥上被雾幻化成一个虚幻的影子，眼看就要消失不见。我喊了声二叔，蹬蹬蹬地跑上桥，把前一天晚上二叔给我买的棒棒糖递给他。二叔接过去，放嘴里只吮了一下，拔出来塞进我嘴里，然后像以往那样爱怜地摸摸我的头，说，等二叔挣钱回来，给你买好多好多的棒棒糖。那年我九岁，上小学三年级。

二叔走了以后，我几次梦见二叔回来，给我买了好多的棒棒糖。可二叔回来的时候，一切都不是原来的样子了。

秋天来临的时候，我的父母亲回来了，他们领回已经变得丑陋呆傻的二叔。父亲说，他和二叔下工后往宿舍里走，那是一段下坡路，走到半路，一辆停在坡顶上的叉车突然冲了下来，二叔把我父亲推了出去，自己躲闪不及被叉车撞到了头部，险些丢了命。父亲说完给爷爷奶奶跪了下去，说，我会管老二一辈子，我死了，父亲指了指我，他侄子就是他儿子，为他养老送终。从那天开始，父亲常在我耳边说，没有你二叔，就没有咱家的周全，你要好好待二叔。

二叔的智商回到幼儿时期，时常尿裤子，只认识奶奶和我，玩的东西也是小儿科，看蚂蚁上树，拿蛾子当蝴蝶玩，数数永远数不过六。有一天二叔上了断桥，用一根竹竿啪啪地拍打着河水，看着溅起的水花哈哈大笑。后来不知怎么就掉了下去，奶奶吓得连哭带喊。二叔在水里沉了一会儿，竟然浮了上来，后来游上了岸。从此二叔就像一条孤独的白条锦蛇，整天在徒河里深入浅出。

随着年龄的增长，我渐渐疏离了二叔。我依然心疼二叔，但更多的是怀念原来那个俊朗聪慧的二叔。直到初中一年级时的一场大雨，二叔的丑陋与低智商，把一个十三岁的少年的自尊撞进了泥水里，造成了我终生的痛。

那天上午第二节课时突然开始下雨，且越下越大。第四节课是数学课。数学老师正在前面讲课，突然一张变形的脸贴在窗玻璃上，两只眼珠子叽里咕噜地向里面窥视。一个女同学最先发现了，发出一声尖叫。我一下子认出那是我二叔，脑袋嗡地一下，脸火烧火燎起来，赶忙把头垂得低低的。但还是听见几个男同学起哄，傻子傻子地叫着。

我恨不得找个地缝钻进去。就在我低头时，整个班级爆发出尖叫和哄笑声。原来二叔闯进了教室，手里拿着一件雨衣，直奔我而来。我的眼泪唰地流了出来。那一时刻我恨死了二叔，转身冲出教室。

雨雾茫茫，我拼命地蹬着自行车，等看见汹涌的河水时，发现自己已停在断桥前。回头见二叔正拼命地在后面追赶，那件浅蓝色的雨衣在他的身后像张开的翅膀。

二叔终于追到我，气喘吁吁地抹一把脸上的雨水，冲我嘿嘿一笑，把雨衣往我身上披。断桥在汹涌的徒河水中时隐时现，一里路之外的新桥在茫茫雨中变得虚无，变得虚无的还有断桥对面的村庄。看着那些奔跑的徒河水，我被自己心里突然涌起的念头吓了一跳。但那念头一经娩出，就再也无法控制它的膨胀。我被这个念头鼓动着，带着二叔上了断桥。

二叔在后面紧紧地扯着我的自行车后座，帮我把控着趔趄的自行车。站在断桥的断岔那儿，我浑身像打摆子一样，抖个不停。最终我还是抛开了那个念头，转身时，身上披着的雨衣滑落掉进了河水中。只见二叔张开双臂，像一只被雨水打湿了羽毛的大鸟，紧跟着落进滚滚的徒河水中，转眼就不见了身影，我吓得号啕大哭。

回家后我撒谎说没看见给我送雨衣的二叔，奶奶让爷爷出去找。一个小时后爷爷自己回来了。我发起了高烧，爷爷奶奶忙着给我喝药，物理降温，一直到半夜。爷爷奶奶刚喘口气，门猛地被推开了，二叔光着身子抱着那件雨衣回来了。二叔浑身是伤，那样子像从地狱里爬出来似的，进门扑倒在地，人事不省。

那次二叔也病了好几天，高烧不退。好了以后，二叔再也不敢靠近徒河，而我在第二天就离开奶奶家到了父母身边。也是从那天开始，我总是刻意地躲避着二叔，直到考上这所大学，离开家乡，心里才逐渐安稳下来。

可现在二叔丢了，我的心又无法安稳。父亲他们一直没有放弃寻找，顺着徒河边，一路打听。父亲说，十有八九人已经不在了。难过之余，我觉得这样的结局于二叔和家人而言，也许是一种解脱。

距离二叔丢了一个星期后，我被门卫告知，说门口有人找我。我跑出去一看，一个一身褴褛的人，站在门口看着我笑。我呆愣在那儿，好半天才叫了声"二叔"。

二叔笑着笑着，两行泪流了出来。

二叔傻了以后，一直不会哭。有个老中医说，等他会哭了，他的头脑就醒过来了。

赛吉普

张　琳

　　双节返乡，在"工友酒家"聚会，十多位昔日的化肥厂同事觥筹交错，畅叙与己有关或无关的各类感兴趣的话题。时不时有谁讲起过往的故事，掀起一个又一个欢笑的高潮。轮到我对面的化肥厂小车班班长老万讲了，他不善言辞，说我不过开了一辈子吉普、拉达、伏尔加、桑塔纳而已，讲不出啥笑话，自罚一杯。说着，端起酒杯，一仰脖子倒进嘴里。

　　老万喝酒的豪爽劲，以及他刚才说的吉普车，一下子令我想起来赛吉普。赛吉普是厂里一个人的绰号，绰号由来跟吉普赛无关。赛吉普大名黄海生，人长得五大三粗，一副北方人长相，根本不像从上海下放的知青。赛吉普被下放到县里最西北的一座村庄，几年后，通过招工进了化肥厂，因体能不错，在厂保卫科做经警。虽是上海人，赛吉普喝酒却不含糊，当年三块钱一瓶的高粱大曲干一瓶都不在话下。

　　我扭头问坐在旁边的"臭棋汪"汪彪，赛吉普今天没来？臭棋汪说，脑梗了。我想，他不脑梗才怪呢，喝酒那么猛。

　　我曾在十几年前发表的一篇小说中，写到了黄海生的故事。不过，那篇小说的主人公是人称"高二半吊子"的县人武部部长，而这篇小说的主人公是赛吉普。在那篇小说中，赛吉普叫张黑蛋，是一个当地的农民，属于配角。小说是允许虚构的嘛，不过不管咋虚构，黄海生都是原型。

　　当年，黄海生是县里最西北时一个村庄的知青，每天和当地村民一样早出晚归，在广阔天地里，接受贫下中农再教育。但因他来自大都市上海，在闭塞的乡下，他的见识自然就比村里人多些，因此，他周围就形成了一个小圈子，圈子里的人都爱听他讲一些新鲜的事情。

　　冬季农闲的时候，在大队部门前空地上，赛吉普被一圈人围坐在中间，正讲得欢，突然听到嘟嘟几声汽车喇叭声，抬头一看，一辆吉普车正由远及近驶来。那时候在乡下，吉普车很稀罕，车子一停下，听黄海生摆龙门阵的村里人就站起身，围着吉普车，远远地望着。黄海生见过世面，他大胆地走近吉普车，和司机打招呼，握握手，就招呼村人近前来，向他们介绍车子，什么引擎盖、什么车大灯、什么倒车镜、怎样摁喇叭，说着，手伸进车内，摁了两声喇叭。正巧，检查工作的领导——在这篇小说里，我也称他为高二半吊子吧——被大队书记送到车前，他看了看黄海生，问，细皮嫩肉的，知青？黄海生点点头。高二半吊子问，对吉普车感兴趣？黄海生又点点头。高二半吊子拍拍他肩膀，说，上车，跟我去转转。黄海生上了车，临行的时候，还冲车外的村里人摆摆手，说，拜拜。

就这样，黄海生乘着吉普车，一路上心里美滋滋的。傍晚时，车子开到了最后一站，县里最东南的一个公社驻地，距离黄海生下放的那座村庄已有四五十华里。临走的时候，高二半吊子却没叫黄海生上车，他指着黄海生对公社的人说，带他到食堂吃饭，饭后叫他连夜跑回家。黄海生一脸苦相，上前一步，正欲求情，高二半吊子说，苦不苦，想想红军二万五。他冲黄海生摆摆手，学着他的腔调说，小同志，拜拜。

那是一个月夜，月亮又圆又大，黄海生没有一丝胆怯，乡野的气息以及虫鸣，给了他新鲜的感受。他一路狂奔，东方露出鱼肚白时，返回到他下放的村庄。那时候，社员们都下地了，看到他窘迫的样子，大家冲他竖大拇指，不知是谁夸赞道，赛过吉普了！从此，黄海生就有了"赛吉普"这个绰号。

我刚到书记办做秘书没几天，就与赛吉普打了个照面。那天一上班，就见一个五大三粗的人闯进了门，他往沙发上一坐，就开始缠磨书记，要求调到小车班，开那辆最破旧的吉普车。书记说，这事需要研究，不是我一个人能决定的。那人说，我的书记亲爹，您每次都是说研究研究，难道是要我孝敬您烟酒？书记说，你不提烟酒我还想不到，你什么时候戒掉酒，再来谈这个事。那人缠磨来缠磨去，书记说一句你今天休息呀，他一听，迅速起身，说着上班上班，一溜烟儿跑了。他一出门，书记就对我说，这人外号赛吉普，是个吉普车迷，也是个酒晕子，经常缠着要开吉普车，那怎么行。

后来，赛吉普又多次来缠磨书记，都被书记搪塞过去。不是说书记的言语多么富有感染力，而是赛吉普缠磨人有分寸，不是死缠磨的那种，可见他是一个有自尊心的人。

进不了小车班，赛吉普也开上了吉普车。他花了几千元，不知道从哪里买来了一辆部队淘汰下来的吉普车，将车篷拆掉，搞成了敞篷车。厂里几个愣头青立马成了他的小弟。那时候，他们经常在厂子附近的公路上兜风，赛吉普驾车，小弟们拎着"三洋"牌收录机，放着流行音乐，在车上忘乎所以地摇头晃脑……

饭局结束后，我问臭棋汪，能否抽空带我去看一看赛吉普？

臭棋汪欣然应允。他说，赛吉普家庭很幸福，他的独子在上海做生意，发展得还不错。赛吉普患脑梗以后，他爱人刘嫂悉心照料他，没有让病情进一步发展。

进了赛吉普家门，眼前的赛吉普白白胖胖，他头也不抬，正孩子一般专心致志地拆装着玩具车。房间四壁贴满了世界各品牌吉普车的彩色图片。刘嫂指着赛吉普面前的车辆玩具，说，我孙子用过的，如今老黄在玩，总算没成废物。

刘嫂凑近赛吉普耳边，问，老黄，你看看他们，你认识不？

赛吉普抬起头，看了看臭棋汪，又看了看我，嘴角一咧，抬手指向前方——

对面墙壁上，贴着一张六英寸的黑白照片，我走到照片前，才看清楚画面：一辆破旧的北京212吉普车旁，站着三十多岁的赛吉普。不用仔细辨别，我也知道照片中的吉普车，就是赛吉普想开的厂里最破旧的那辆吉普车。

牵

徐明卉

大半夜，四周一片漆黑。她骑着电动车爬坡，到半路没电了！

她心急火燎，哪怕爬上坡再没电呢，这前不着村后不着店的，咋办啊？

她推着电动车往坡上走。心想都怪这该死的寒流突然而至，天冷电池掉电快。她去另一个镇子探望生病的同学，骑到半路电动车没电，太闹心了。平时走这条路，骑电动车爬坡没觉得有多难。今天推着电动车上坡，还真费劲。女人力气又小，很快就大汗淋漓。原地停住，喘口气。

后面射来一束光柱，是一辆电动车。

电动车停在她身边，车上下来个四十多岁男人。

"咋啦？车坏了？"

"没电了。"

"哎呀，这荒郊野外的，没电可不好办。住哪儿啊？"

"前边柳林镇。"说完，她后悔了，也不认识，说这些干吗。

"你看这样好不好，我把你送回家……"

"不用！"

没等他说完，她一口回绝。心想三更半夜的，谁知你一个大男人想干什么啊？网上有这方面的例子，不能上当受骗。再说，我走了，电动车咋办？

好像猜出她的心思，他又说："我帮你把电动车找地方藏起来，你把车上的电池拿回家充电。明天回来，把车开回去。我家就在坡下面的村子，对这一带很熟，丢不了！"

她更不放心了，觉得黄鼠狼给鸡拜年——没安好心，坚决拒绝。

看出她很戒备，他摇摇头，骑上电动车走了。

歇了一会儿，有了点力气，她推着电动车继续爬坡。爬了没一会儿，天空飘起雪花，还掺杂着小雨。真倒霉啊！她都快哭出来了，咬着牙，继续拼命推电动车爬坡。

好不容易爬上坡，浑身无力扶不住电动车，"咣当"一声电动车倒在地上，她禁不住号啕大哭起来。

迎面射来一束光，他骑着电动车又来了，车把上挂着一根绳子和一个布袋。

他走到她面前。打开布袋，里面是一件雨衣："快穿上！"

她接过雨衣，心里暖暖的，刚才错怪人家了。

他拿起绳子，拴在她的电动车车把上，另一头拴在自己电动车的后座上。

"你刚才说得对，把电动车放在这，万一让人拿走了怎么办？我在前面牵着你的电动车，你骑上车，把稳了。"

雨夹雪还在下，她心里热乎乎的。

两辆电动车，一前一后开始上路。

他在前面开电动车，不敢太快，害怕后面的电动车出问题。

她骑在后面的电动车上，感觉牵引自己电动车的不是一条绳子，是他温暖的手臂，牵着自己的手往前走。她不由地想到小时候哥哥牵着自己的手，在野外奔跑的情景……

"哥，谢谢你！"

远处，有一片灯光。

快到家了……

我和黎女士的长期较量

冷清秋

夏日的午后蝉鸣陷入短暂的歇息。正是暑假时间，我尝试着让自己从许许多多的练习题里挣脱，肆意妄为地钻进一本本绘本中，去感受绘本中那些美妙的插图和简洁的文字带给我的快乐，直到让自己在那一个个美妙的画面和故事中沉沉睡去——每当此时，黎女士就会像神一样地降临。

我是说每当这个时候——刚刚从午睡中醒来，浑身懒洋洋的像是被人实施了魔法一样一点儿也不想动一动也不能动的时候，黎女士就出现了。

她总是端着一盘切好的西瓜、香瓜、甜瓜什么的，总之就是看着很好吃的水果，但我心里明白，那都是浮于表面特意拿来对付我的"软武器"。

黎女士还有一样武器，在她第一次出现时我就有所察觉，并在随后逐渐明晰和确定——那就是她的迷之微笑。我的父亲大人对此毫无抵抗力，他坚定不移地说：她会像妈妈那样好好爱你！父亲说这些话的时候，他的整张脸和眼珠子都发红了。

我实在不忍心看到一个成年人在我面前如此这般，便不置可否，不再做出表面上明显的拒绝。反正无论怎么样都是他们大人的事。而我，只是一个初中一年级的学生。

是的，上面所描述的是发生在我初一时候的陈年旧事了。

很快我便从父亲的俯首帖耳和温良谦恭中晓得了黎女士的厉害。

这当然是从黎女士和父亲的相处以及以往我妈妈和父亲的相处的对比中得出来的。

妈妈总是有着突然间让父亲暴跳如雷的能力，在一些微不足道的小事情上突然就声嘶力竭地吵个没完。而黎女士恰恰相反，她水一样地陪伴着父亲和我，慢慢地，父亲说话也开始温言细语起来。但无论是和父亲离婚、落败而逃的妈妈，还是黎女士，我谁都不喜欢。

但小孩子是不能说真话的，小学二年级的我就明白这个道理。譬如妈妈不厌其烦地让我吃蛋黄，我就直接把蛋黄整口吞掉，再找机会吐出来；妈妈让我早点睡，我立即闭上眼睛盖好被子，等妈妈出去我再掀开被子睁开眼；更多的记忆是悄无声息地跟着妈妈去盯梢父亲是不是和别的女人有了约会。虽然妈妈怀疑的事情一次也没有发生过，但两个离心的男女早已筋疲力尽。所以，那个被我叫作妈妈的人最终淡出了我的生活圈。

回到现在，还是来说说黎女士吧——

从初中一年级到三年级，黎女士一次次借着关怀之名给我买衣服、买生日蛋糕；在我生病的时候陪护我；在我奋力把她买给我的郑渊洁童话全套直接扔出去的时候，她掉了眼泪。这些，都不曾真正打动到我。

其实很多时候没人懂小孩子天长日久锤炼起来的像钢铁一样坚硬的心。但我这颗钢铁浇筑的心后来还是被摆放在书架上的郑渊洁童话侵袭了。这，应该是一切的开始了。

我沉浸于小说的世界里再也不能自拔，甚至明明知道这是黎女士的阴谋诡计，却还是甘愿中计。后来，我的书架上多了一套路遥的《平凡的世界》，进而引导我知道了农村青年孙少平和孙少安在面临不同抉择时走向不一样的人生。

那是在高一的寒假，我兴冲冲回到家里，被书架上最醒目的位置上的《呐喊》吸引，还有萧红的《呼兰河传》，霍达的《穆斯林的葬礼》。我翻阅得最多的是《呼兰河传》，进而记住了呼兰小镇和小镇上那些生生不息的人。这些，都成了我记忆中的阅读经典。而当我的目光在《呐喊》上停驻，懵懵懂懂中心里有一种疼痛尖锐而持久。

也是在那时我突然明白：原来读书就像是书本带着你进入了另一个奇妙的世界，你追随着书本里面的人物开心欢喜，忧伤和徘徊；合上书本就像是关闭了门窗，悄然返回现实。

我在浙江读大学的一年春天，身材发福变形的父亲驾车和黎女士来浙江看我，他们带了黎女士经常做的咸肉、咸鸭，说是便于存放。听到我说想吃坛子肉，黎女士笑着，变戏法一样拿出了保温桶。那个瞬间我原本冷硬的一颗心一下子通透和松软起来。或者和那段时间我没日没夜地读余华、毕飞宇、张楚等我所喜爱的小说有关吧，我变成那种很容易就鼻子发酸、内心潮湿的人了。我也突然发现我早已在不知不觉中爱上了黎女士做的菜，那是属于我的童年味道。

我也必须承认在我三十二年的人生中我是幸福的。

当我和家人用餐完毕，泡上一杯绿茶坐在书房发呆；当我忽然提笔想去写些什么；当我下班归迟，看到亮着橘色灯光的窗户；当我和小嘉在婚礼上交换戒指……

大二那年的暑假我带着小嘉第一次回洛阳。提及这里我这个大男人其实是有一点哽咽的，这哽咽当然是源于黎女士带给我的触动。总之我带小嘉回洛阳这件事受到了黎女士前所未有地隆重接待。在家里的近两个星期，她们两个人亲如姐妹无话不谈，随时头碰头挤在一起窃窃私语，或者是手牵着手出去逛大张超市，然后拎回来大兜小兜的食材，钻进厨房里变着花样做出更多的美味来。这里没提及我的父亲和我，实在是因为此时的我们都成了可有可无的存在，可忽略不计。显然，在和黎女士的长期较量中我输了，且一败涂地。

夏日的午后，我的两个小女儿安睡在黎女士房间的草席上，她们毛茸茸的小脑袋挤在一起，被斜射进来的光影照亮，身边缓缓摇着蒲扇的黎女士轻轻哼着什么歌谣，她的整个身子被笼罩在黄昏香槟一样蜜色的光影中。推开门的瞬间——

我骤然愣怔，光影里朦胧模糊的她就是我的妈妈呀。

马堂爷

王 飞

马堂爷死了。

南坡里那片葱茏的苞谷地已经完成了收割，飒飒的秋风里，裸露出干涩的黄土地。

在那块属于马堂爷的地里，我看到了一个孤墓。马堂爷真的离开了人世间。

小的时候每天都能看到马堂爷独来独往的身影。那时马堂爷就已经是一个"著名"的光棍。

马堂爷在家里排行老七。因为他家穷，他又不会什么手艺，所以没能说上媳妇，一直是一人吃饱全家不饿。

或许是心里头不舒坦，马堂爷常常提着酒瓶子一个人喝闷酒。酒后胡说乱诌，将一屋里人麻缠得头大如斗。

从三十八岁时开始，马堂爷觉得自己这一辈子娶不上媳妇了，便彻底认命，不再耍酒疯闹事。村里谁家办事，他主动跑前跑后给人帮忙，性子活泛了不少。

自打那时候起，马堂爷的"春天"来了。他跟四珍村蒸馍店的女人黏到了一块，说没点啥事谁都不相信。

他在馍店里俨然一副男主人的架势。一会头上冒汗坐在大锅前卖力地拉着风箱，一会挽起袖子抬着蒸笼。根本不把自己当外人。

谁也不知道，那女人到底爱不爱马堂爷。但明眼人说，那女人就没看上马堂爷。那女人软声软语，都是哄马堂爷高兴，这是把他当不花钱的劳力用呢。

马堂爷好像也不计较这些，乐此不疲地在馍店忙活了好几年。后来女人改嫁到蔡邓，馍店关门大吉。马堂爷就和女人断了来往。

有人拿这事笑话马堂爷，他不以为然，还神秘地给人说：人家的馍又大又圆，我亏啥？其实单说蒸馍的口感，村东头姚婶家蒸出来的馍，要胜人一筹。

那几年村里人外出打零工，只要工价合适就开干，而马堂爷干活却像相亲似的。主家的女人若很丑，他就死活不愿去干，即使工价给得很高也不行。有些女人故意挑逗他，马堂爷听了就像打了鸡血一样，甩开膀子闷头干活，一口水也不喝，最后甚至连工钱也不要了。村里几个有心眼的婆娘，往往是男人不在时，地里活干不过来，便用此法将马堂爷迷得晕头转向。

村里人看不过眼，私底下跟马堂爷说，你别再被人家哄了，就算是牲口，也要在槽里吃一口的！马堂爷根本听不进去，在婆娘们的一片搔首弄姿中，继续卖力地奉献着自己的力气。

马堂爷浑身上下总是脏兮兮的，他渐渐地成了村里光棍应有的邋遢样。但后来发生的两件事，让焦庄的人再也不敢对他鄙夷了。

腊月里马堂爷去孙镇上会，他刚走到街口，就看见一个老汉坐在地上号啕大哭。马堂爷见不得可怜人，上前一问，才知道那老汉到会上卖羊，卖完羊的钱被贼娃子摸走了。没有钱，这年还咋过？老人家边哭还边往地上撞头。

马堂爷不动声色地从人群中走出来。在羊贩子扎堆儿的地方散了一圈烟，闲谝了几句，就套出来了贼娃子的来路。

在行人如鲫的集市上，马堂爷的眼睛像探头一样死死巡查着每一个角落。后来他终于在一家羊肉泡馍馆门口看到了那两个贼娃子。人家站在门口一脸的洋洋得意，晃着腿，叼着烟。

马堂爷二话不说，摊开右手，朝二人抖了抖，说：哥们儿，老汉养个羊不易，钱拿回来！

两人愣住了，反应过来后撒腿就跑。马堂爷旋风似的追上去，将二贼堵在了一个半截巷里。三个人立即打成一团，会上的人这时赶了过来。贼娃子见人多势众，又看马堂爷不好惹，骂骂咧咧地将偷来的钱扔在了地上，然后脚底抹油——溜了。二人冲出人群时，扭头还不忘撂一句：你有种，下次别让我看到你！

马堂爷正气凛然，毫不畏惧地说：来来来，爷在焦庄候着！他这一义举，很快被传得人人皆知。

再是有一年的深秋，村西头的兰桃婶和她男人置气想不开，抱着年幼的儿子从桥上径直跳到了洛河里。

恰巧马堂爷从河边路过。寒秋时节的河水冰凉刺骨，马堂爷见状连忙脱掉衣服，"哗啦"跳到了河里，扑腾了好一阵才把母子俩拖上了河滩。马堂爷冻得浑身打战，嘴唇乌青的说不出话来。

后来，兰桃婶男人带着四样礼去谢承救命恩人。马堂爷死活不收，说：把东西给兰桃吧，对媳妇要让呀！一个没有成家的光棍，竟能说出如此有肚量的话，村里的女人们对马堂爷高看了许多。

马堂爷手里有点钱不是拿来赌了就是用来喝酒了。喝多了酒后，他一个人安分地坐在家门口。有人经过，他把酒瓶子往人家手里塞，十分热情地让人家喝上两口。有碎娃路过，他会把酒瓶子往袄里一塞，然后变戏法般地摸出一大把五颜六色的水果糖。

马堂爷把一大把糖果撒向天空，碎娃们高兴地争夺着、争吵着。他看着、笑着，那眼神就跟看自己的娃一样。

慢慢地马堂爷成了老汉了，他还是一天到晚喝酒。一天后晌，马堂爷干完零活，主家给了不少钱，他心里美滋滋的，买了一瓶西凤酒，包了两只猪蹄，在家里一个人喝上了。

到了晚上，邻居敲门借东西时，怎么喊也叫不开门。邻居翻墙进去时，才发现马堂爷倚靠在炕上，人已经没气了，手里还攥着一只没啃完的猪蹄子。

是乡亲们搭伙把马堂爷抬埋的。南坡里的坟，孤单又冷寂，无人照看，也无人祭祀。

哥哥的单车

刘向阳

开始上陡坡，哥哥的背部湿透了，我赶紧跳下车，说："哥哥，我帮你推!"哥哥瞅我一眼，抬腿潇洒地下车，简直帅呆了。

我殷勤备至，凑上前去给哥哥擦汗，央求着骑一骑车。"我不会骑单车，同学们都笑我，你就让我试试吧。"已到坡顶，看离家愈来愈近，哥哥就默许了。

我像打了鸡血般亢奋，攥紧车龙头，迫不及待地跨过车身，弯腰奋力蹬车。可是，无论我怎么使劲，车始终提不起速度，回头一看，只见哥哥骑跨而坐，垂着两条腿替我保驾护航，车焉能快起来？

我灵机一动，一惊一乍道："哥哥，西瓜滚到地上碎了!"

哥哥果然中计，下车左右张望，问："在哪里？"我哈哈大笑，两脚发力，使单车加速向前，把哥哥远远地甩在后面。

哥哥很生气，边追边喊："宝生，你慢点骑，注意安全，要下坡了……"

迎着凉爽的夏风，蓝天白云，秧苗青青，小鸟飞掠过上空，风光无限美好，我感到好惬意，正要大声呐喊，突然从旁边岔路上晃出来一位银发老人。我惊慌失措，双手紧扳龙头急刹车……"完啦，出事啦，哎哟，哎哟——"我吓得尖声大叫，连人带车摔在地上，西瓜骨碌碌地滚下沟渠……睁开双眼时，我发现自己躺在路边草地上，裤子破了洞，膝盖出了血，浑身疼痛。单车也坏了，哥哥鼓捣半天还是不能骑，就催我："宝生，你还愣着干吗？快走啊。"

"人呢？"我问哥哥。"什么人啊？你是脑子摔坏了吧，快走啊，到街上修车去!"哥哥说完推着车就走，风风火火。我顾不得疼痛，赶紧爬起来，一拐一扭地跟上去。"哥哥，刚才有个爷爷，可能撞着了……"我有些害怕，两股战战。"没看到啊！下午两点半，我要考试呢，耽误不得！"哥哥催促道。

哥哥高考落榜后还想复读再战，无奈家里供不起，不得不放弃上大学的念头。他在水泥厂矿山车间做临时工，装卸搬运土石，每天忙得像陀螺。厂子距家十多里，哥哥每天步行上下班，奋斗半年才买了这辆车，平素把它当宝贝，我摸一下都不行。

恰逢包装车间招合同工，哥哥有高中文化，干活又吃得了苦，深得领导赏识，领导就给了他一个名额。早些日子，哥哥已通过面试，只要笔试合格，就能成为一名正式工人了。全家人都替他高兴呢。

正是中午时候，温度特高，路上无车辆行人。我怯怯地扯着哥哥衣角："哥哥，要是有人看见……""啰里啰唆，都怪你！闭嘴！"哥哥样子很凶恶，吓得我不敢吭声了。

下了长坡，转过一道弯，哥哥的步子越来越慢了。好几次，哥哥停滞不前，最后像是下定了决心，说："宝生，咱们回去看看！"我嘴唇干裂，膝盖好痛，虽然实在走不动了，仍勉强跟随。

回到了出事地点，那阵势可不得了，来了许多村民，把银发老人围在中间，叽叽喳喳地议论纷纷："老韩，你怎么掉沟里了？摔着了吗？""看你满脸血污，是不是车子撞的……""车子呢？"

老韩打了个嗝，不停地哼哼唧唧，突然坐直身子，瞪圆了眼睛，指着我说："是他，就是他……"

众人一股脑散开，把我和哥哥团团围住，一个壮汉还抢走了单车。

"看他还是个小学生啊，怎么……"

"这叫肇事逃逸，是要负全部责任的！"

"走，到医院检查看看，住下来再说。"

"旁边的是哥哥吧，为什么不管呢？"

……

我哪见过这场面，被吓得眼泪哗哗流。哥哥护住我，挺身而出："对不起，是我撞的，我负责……"

老韩被扶上单车，壮汉推着他前行，我和哥哥被像犯人一样押着，一行人浩浩荡荡地向医院走去。

我肠子都悔青了，如果没去姐姐家多好啊。早稻成熟了，一家人齐上阵收割稻子，接着插晚稻秧苗。父亲和哥哥是主力，我和母亲当帮手，两天内忙完"双抢"。像往年一样，我和哥哥马不停蹄奔赴姐姐家——她家有十多亩水田，"双抢"如打仗，盼望我们支援。哥哥载着我到了姐姐家，姐姐姐夫求之不得，领着我和哥哥、两个外甥，起早贪黑，抢收稻谷，赶插晚秧，连续干了好几天。昨晚，家里托人捎来口讯，让哥哥务必准时参加今天的笔试，这可要决定哥哥的前程呢。清早，姐姐在单车后座捆了两个西瓜，我跳上车，挥手道别。孰料乐极生悲，中途遭遇车祸，把老韩送进了医院……

　　黄昏，我和哥哥回到家。"宝国，你错过了考试，哎……"父亲铁青着脸说。"单车呢？"母亲问。哥哥低头无语。我好愧疚，饭后就睡了。母亲发现了我膝盖的伤痕，追问发生了什么，我竹筒倒豆子般讲出实情。父亲半天没吭声，然后喃喃自语："天意啊。"

　　次日，哥哥步行去水泥厂上班，仿佛什么也没有发生。下午，人事科科长把哥哥叫到了办公室。原来，医院那边打电话到厂部，说陈宝国没撞人，是老韩喝醉了酒，自个儿摔伤的，单车可以取走了。真相大白后，厂里破例让哥哥补考，招录他为合同工，后来还转了正。有一位姑娘爱上哥哥，他们结婚生子，日子过得甜蜜又幸福。

　　哥哥在水泥厂干到退休，把那辆单车留给了我。

经典鉴赏
聆听获奖小说，进入文学世界。

文学发展
穿越时间长河，纵览文学的演变。

作家往事
跟随纪录片，探寻作家的故乡。

随心书摘
记录你的阅读感悟和写作灵感。

扫码探索

中国文学脉络

在文学的棱镜里，发现生活的千面。